U0902352

王玉祥◎著

爱是你我

王玉祥短篇小说集

上苍造人，白天为阳，夜晚为阴。遣其下凡既是男女。月老红绳，男女缚之，遂成夫妻。

莺莺痴情、许仙借伞、相如有意、文君睨琴，千古佳话，流传至今。

中国文联出版社
http://www.clapnet.cn

图书在版编目（CIP）数据

爱是你我 / 王玉祥著 . -- 北京：中国文联出版社，2016. 8

ISBN 978 - 7 - 5190 - 1842 - 9

Ⅰ. ①爱… Ⅱ. ①王… Ⅲ. ①短篇小说—小说集—中国—当代 Ⅳ. ①I247. 7

中国版本图书馆 CIP 数据核字（2016）第 192985 号

爱是你我

作　　者：王玉祥

出 版 人：朱　庆

终 审 人：奚耀华　　复 审 人：蒋爱民

责任编辑：胡　笋　　责任校对：傅泉泽

封面设计：中联华文　　责任印制：陈　晨

出版发行：中国文联出版社

地　　址：北京市朝阳区农展馆南里 10 号，100125

电　　话：010 - 85923039（咨询）85923000（编务）85923020（邮购）

传　　真：010 - 85923000（总编室），010 - 85923020（发行部）

网　　址：http：//www. clapnet. cn　　http：//www. claplus. cn

E - mail：clap@ clapnet. cn　　hex@ clapnet. cn

印　　刷：北京天正元印务有限公司

装　　订：北京天正元印务有限公司

法律顾问：北京天驰君泰律师事务所徐波律师

本书如有破损、缺页、装订错误，请与本社联系调换

开　　本：710 × 1000　　1/16

字　　数：180 千字　　印　张：12. 5

版　　次：2016 年 8 月第 1 版　　印　次：2016 年 8 月第 1 次印刷

书　　号：ISBN 978 - 7 - 5190 - 1842 - 9

定　　价：39. 00 元

目录

1　爱是你我

引　子

上苍造人，白天为阳，夜晚为阴。遣其下凡既是男女。月老红绳，男女缚之，遂成夫妻。

莺莺痴情、许仙借伞、相如有意、文君睨琴，千古佳话，流传至今。爱情，是文学创作的永恒话题。

一个朋友写了一首《老爸老妈钻婚赋》，讲述了父母相识、相恋、相扶、相伴，风风雨雨，一同走过六十年。让人感受到生活的美好和爱情的地久天长。我感慨万千。

老爸当年，城市支边。传道解惑，乡村教员；
日子熬煎，形只影单。上无片瓦，下无垅田；
老母慧眼，眉目情传。红线相牵，美满姻缘；
草房两间，半亩菜园。两颗白杨，种在门前；
丈夫上班，妻子种田。夫唱妇随，苦辣酸甜；
老爸单传，心存忧患。多子多福，接二连三；
柴米油盐，处处花钱。持家有道，克勤克俭；
皱纹满脸，腰背压弯。相濡以沫，无悔无怨；
再苦再难，目标不变。鲤跃龙门，当地美谈；

命运多舛，磕磕绊绊。初心不改，爱心依然；
粗茶淡饭，简简单单。儿孙满堂，正道人间；
夫妻之道，平平淡淡。饮食男女，老来为伴；
五十为金，六十为钻。只羡鸳鸯，不慕神仙；
子孝孙贤，家风代传。耄耋老人，健康百年！

钻婚，想都不敢想。金婚，也是一种奢望。我不是不相信爱情，而是我的现实情况在那摆着那。第一次婚姻，早早就结束了；第二次婚姻，夭折了；第三次婚姻，还在路上。

1

20 世纪 80 年代末，山城湘西市发生了一件新鲜事，要举办“湘西市首届歌手大赛”。石破天惊！湘西市是个山城，地处偏远。改革开放春风在这里刚刚吹动起一点涟漪，人们的思维还停留在后文革时代。这些在深圳、广州再平常不过的文化活动，却成了小城人的焦点，成了市民茶余饭后热议的话题。更出乎大家预料的是，金奖获得者竟然是一个 19 岁的中学生！

什么来头？

她爸是军分区司令员。

人们若有所思：难怪……

2

我就是那个获奖的高三学生。但我获奖和爸爸一点关系都没有。因为爸爸根本就不知道我参加比赛。电视台播放颁奖实况时，爸爸还喊我：“媛媛，快看，电视上获金奖的选手，长得和你挺像的。”爸爸正在收拾东西，没注意听获奖歌手的名字。

我含糊其辞：“是有点像。”

家里人知道我获奖真相，已经是两个月以后的事了。

3

我小名叫“小六儿”。顾名思义，我在家排行老六，上面有两个哥哥，三个姐。他们比我大很多，我上初中的时候，最小的三姐都快大学毕业了。其他人早都当兵，或参加工作了。

爸爸到军区工作前，一直在野战部队，对前边的5个子女疏于照顾。现在有时间和我朝夕相处，就把对子女全部的爱，放在我一个人的身上。视我为掌上明珠，娇惯得不得了。哥哥、姐姐打趣老爸，说把小女儿当孙女养。老爸理直气壮：“谁让你们一个个都不在我身边呢？”

在军区大院，说起我大名彭媛媛，可能有人不知道。但提起“小六儿”，那可是“臭名远扬”，无人不知、无人不晓。本来挺俊俏的一个女孩子，但整天把自己弄得和泥猴一样。比男孩子还淘气，进出军区大院，放着大门不好好走，总是爬墙进出。平时，也净干一些讨猫狗嫌的事。有一次，爸爸去省军区开会，我到军区小车班找爸爸的司机小张叔叔，让他带我出去玩。去的时候，小张叔叔正在打瞌睡，车钥匙就放在桌子上。我拿着车钥匙，悄悄溜出来。我打开车门，回忆了一遍平时看小张叔叔开车的流程，踩离合、打火、挂一挡、放手刹、半联动、起步、走！嘿，还真开走了。我正在高兴，院墙横在前面。我第一次开车，还不会减速转弯，一着急，错把油门当刹车，轰的一声，撞在墙上。保险杠撞弯了，水箱撞漏了。万幸的是，人没事。妈妈把我狠狠地骂了一顿，但最后还是从家里拿钱，让修理厂连夜加班，在爸爸回来前，把车修好。

我最出格的事，是在初中放暑假，把爸爸的手枪偷出来，和同学跑到山上去打鸟。两个弹夹都打完了，也没打到一根鸟毛。山里人听到枪声不断，就报了警。警察把我们连人带枪带到派出所。一查，是军分区司令员的枪。偷枪打鸟，纯属小孩好奇、瞎胡闹。说犯罪，谈不上。但偷枪毕竟是一件很严重的事情，必须严肃处理。派出所民警很为难，最后经请示分局同意，交给军分区处理。为此，爸爸在军分区党委会上作了深刻的检讨，并通报全军分区。我也被关了5天禁闭，罚一个月没零钱花。

没零钱，我不怕，找哥哥、姐姐要。5天关在家里不让出去，可把我憋坏了。

我还经常做一件妈妈最反对的事，就是和一帮男孩子跑到野湖、野河去游泳。我本来挺白净的，现在的肤色，和“中国好声音”里的少数民族歌手吉克俊逸一样，小麦色。

4

上了高中，我收敛了很多。不再同那帮野小子厮混在一起。这时，我迷上了唱歌。我天生一副好嗓子，可以模仿很多女歌手，尤其是邓丽君，更是模仿得惟妙惟肖。

二姐、二姐夫都在广州军区当兵。二姐夫在广州军区后勤部工作，属于手眼通天人物。二姐夫送给我 16 岁的生日礼物，是一台日本“三洋”牌录放机。我是湘西市的第一个拥有进口录放机的人。

20 世纪 80 年代末，广州是中国流行音乐最活跃的地区之一。二姐知道我爱唱歌，总是能让二姐夫帮我搞到最流行、最时尚的新歌录音带。

我把所有的课余时间都放在练歌上。也拜了专业老师，学习识谱、乐理、发声技巧等，了解什么是音准、音色、音域。说来奇怪，学习文化课，无论怎么努力，都学不好。但有关音乐方面的知识，我是一点就透，一学就会。

一个小小的收录机，已经不能满足我的需求，我就每天放学后，把书包藏起来，跑到练歌房去练歌。父母看我每天那么晚回家，还以为我备战高考呢，每天变着法给我做好吃的补脑。真是受之有愧！

5

我在练歌房一开嗓，别人都不敢唱了。经常成为我个人演唱会了。开始，我像打了鸡血一样，乐此不疲。但时间长了，就觉得没意思了。我渴望一个更大的舞台。

听说举办“湘西市首届歌手大赛”，我高兴坏了。兴冲冲地跑到市文化馆报名。我去的时候，当天初选已经结束，评委们正在散去，伴奏老师也在收琴。我央求老师帮我伴奏，让我试一下。老师人不错，没走，帮我伴奏邓丽君的《何日君再来》。

评委们刚走到门口，有邓丽君的歌声传出，开始还以为是原版录音带。回头一看，是个小姑娘在唱。评委们大吃一惊，湘西市还有如此人物？评委们不约而同地回到评委席。评委点了几首邓丽君和别的女歌手的歌，我也很轻松地完成了。

评委们又考问了我一些基本乐理知识，我也对答如流。当然，这些已经超出初选歌手的范围。只不过是评委们已达成共识：这个小姑娘是这次大赛的一匹黑马。因此，想多了解一下歌手。

我一路过关斩将，最终，站在了最高的领奖台上。

6

一夜成名让我不知所措。我不知道接下来该干什么了。高考，自然是名落孙山。

爸爸、妈妈对我不好好学习，跑到练歌房唱歌和参加歌手大赛的行为，十分恼火。两口子第一次联手批斗我。爸爸的态度很明确，当歌星，想都不要想！只有两条路可走：复读，考大学，再不就去当兵。

提起学习我就头疼，这辈子看来是和大学无缘了。当兵，我是在部队大院长大的，令青年人向往的部队生活，对我没一点吸引力。再说，我也吃不了那个苦。最后，我选择了投奔爱情。

7

我的男朋友叫高寒，是这次歌手大赛认识的。高寒是我师兄，高我两届。高寒在校时是校篮球队队长，高高的个子，天生一头卷发。长着一双猫一样的眯眯眼，平时看着好像总是在微笑。高寒在学校时我就认识他，但他不认识我。这次歌手大赛巧遇，我们自然比别人走得近些。

高寒也没考上大学，毕业后在家里开的家具厂给他爸爸当助手。高寒为人仗义，出手大方，平时总是有一帮兄弟围着他。参加初赛那天，顶数他的排场最大，几十个兄弟助威。结果，第一轮就刷下来了。高寒也不在乎。转过头，一心一意当我的粉丝和护花使者。复赛、半决赛、决赛，每次比赛，都是高寒接送我，陪伴我。我获奖，也有他一份功劳。

获金奖，我和高寒都很激动。我从领奖台上下来，高寒给了我一个大大的拥抱。我们的感情一下子拉近了好多。

我发现自己已经爱上了高寒，一天不见心里都空得慌。高寒也离不开我了，每天都来接我放学。高寒骑着一辆日本进口大摩托车，车把上系着皮穗穗，跑起来非常拉风。我每天都在同学们羡慕嫉妒恨的目光中，呼啸而去。同学们苦读寒窗的时候，我正在享受着爱情的甜蜜。高中一毕业，我既不想复习高考，也不想去当兵，而是一门心思想和高寒结婚。

8

爸爸雷霆震怒："小小年纪不干正事就知道瞎胡闹。就是真嫁人，也要找一个靠谱的，那小子就是公子哥。再提结婚，看我不打断你的腿！我明天就把你捆起来送到新兵营去!"

我从来没看到爸爸生那么大的气，吓得一溜烟跑到广州二姐家躲了起来。

一天深夜，爸爸的电话打到二姐家。二姐刚同爸爸说了几句话，眼泪就下来了，然后让我接电话。我战战兢兢地拿起电话，传来爸爸哽咽的声音："媛媛，你妈快不行了。"我一下子跌坐在地上。我和二姐、二姐夫连夜开车往家赶。

妈妈的骤然离世，对爸爸是个重创。爸爸一夜之间，头发全白了。爸爸万念俱灰，每天对照妈妈的遗像发呆，再也没有心思管我的事了。

9

我这个人，天生就是一个犟种。当初，寻死觅活地要和高寒结婚，一半是热恋中的年轻人头脑发热，初恋时不懂爱情，只想天天腻在一起；另一半是因为父母的反对，自己有一种为伟大的爱情献身的崇高感。自己都被这种假象所感动、迷惑。

妈妈去世，爸爸衰老，让我一下子意识到，自己是成年人了。不应该再像小孩一样，整天任性、胡闹。我反问自己："难道你真的满足一辈子做家庭妇女，当黄脸婆?"答案是否定的。

与高寒真的谈情说爱了，我发觉高寒真的像爸爸说的那样，就是个公子哥。高寒上面4个姐姐，他们家就他一个男孩，全家人都宠着他。二十多岁了，既没有一份稳定的工作，又不参加自家家具厂的管理经营。一天只知道骑着摩托车玩潇洒。他也不是什么富二代，他家的日子只不过比一般工薪阶层好一点。这样的男人托付终身，是有点不靠谱。我有点后悔了。

10

市青少年宫招工，我报名参加。我毕竟是省重点中学毕业的，考大学差点，招工考试，那还是绰绰有余。我以第一名的成绩被录取。具体工作是负责少儿音乐培训。工作了一段时间以后我发现，当老师，绝对不是教小孩唱几首歌那么简单。没经过专业培训，还是难以胜任的。我报考了湘西市教育学院音乐教育函授大专班，开始了如饥似渴地学习。

又上班，又上学，每天时间安排得满满的。根本没有时间谈情说爱，更别说结婚了。我已开始讨厌高寒的游手好闲了。我尽量躲着高寒。他每次约我，都以没时间为借口推掉了。我想冷处理，让高寒知难而退。

高寒快疯了，到单位、家里、教育学院找我。人也瘦了十多斤，让人看着心疼。高寒知道我嫌他不上进，就一咬牙，远离了那些酒肉朋友，也报了教育学院经济管理函授大专班，和我一起上课，一起放学。颇有点妇唱夫随的意思。

看到高寒为了我，浪子回头，我还是有些感动。唉，现在哪个青年人不贪玩？高寒是我的初恋，小伙子一表人才，一直真心实意对我，结婚也是我亲口答应的，分手的话实在说不口。看来，这贼船是下不来了。

婚礼办得很隆重，老爸为小女儿下了血本，动用自己关系，组成豪华车队，送女儿风风光光出嫁（当时还没有八项规定）。

11

高寒婚后不久，就恢复了他的浪子本色。过日子，一点都不着调。对我也不再高接远送、低眉顺眼了。用他自己的话说：“老婆又不是观音菩萨，还得天天供着。”

函授大专班读了一半也不读了。也不愿意经营家具厂赚辛苦钱。和朋友开了一个贸易公司，说是做赚大钱的生意。结果，钱全扔在了酒桌上了。经常喝到后半夜，才醉醺醺回来。酒气熏天，澡也不洗，一头扎在床上，鼾声如雷。吵得我无法入睡，第二天一副熊猫眼去上班。就是在我怀孕期间，照样天天出去喝酒、应酬，把我扔到家里。

我这个后悔呀！我不是一个挺敢作敢为的人吗？怎么在和高寒分手这件事上，就不能快刀斩乱麻呢？自己酿的苦果自己吃。

老高家，三代单传，做梦都想要男孩。我生了个女儿，他们家人嘴上没说什么，孙女也照料得很好，但还是表现出深深的失望。其实，他们也不是不懂得“种瓜得瓜，种豆得豆”的道理，但他们宁愿相信是我的地不行，不是高寒的种不对。

嘿，我这暴脾气！我堂堂司令员的千金、市青少年宫培训部主任，忍了高寒，还有忍你们全家？岂有此理！我下定决心：离婚。

12

高寒死活不同意离婚。痛哭流涕地求我，表示要痛改前非，踏踏实实地和我过日子。我相信高寒的话是发自内心的，但我也知道高寒是无法改变自己生活方式的。过几天，就会故态重萌。

不同意离婚，我就分居，带着孩子回到了父亲家。从小带我的阿姨身体还很硬朗，还能帮我带孩子。父亲也从失去妈妈的悲痛中走了出来，恢复了生气。外孙女的到来，让他的生活充满了欢乐。

高寒天天找我。军区大院门岗有交代，他进不去。就在大门口堵我。他前门堵，我走后门。他两门全堵，我就爬墙，那可是我的强项。

高寒看我是九头牛也拉不回来了，就要求见面谈清楚。我说我只要孩子，其他什么我都不要。高寒态度更坚决：孩子归他，否则离婚免谈。我一想，孩子姓高，离婚又是我提出来的，如果在这件事上纠缠，这婚就离不成了。反正什么时候我都是她妈，就同意了。

13

我与高寒离婚一个月后，爸爸退休，住进了干休所。阿姨走了，勤务员撤了，一栋小楼，只剩下我一个人，空荡荡的。真有点陈子昂“念天地之悠悠，独怆然涕下”之感。我下班回到家，第一件事就是把所有的灯打开，制造一个热闹的假象，欺骗自己。我从这个屋，走到那个屋。楼上、楼下走个遍。走累了，就和二姐煲电话粥。

二姐很担忧我的现状，就劝我到她那散散心。恰好，这时高寒又吵着要和我复婚，我正不胜其烦呐。就听了二姐的话，去了广州。

二姐领我广州、深圳转了一圈。劝我：“妈妈走了，爸爸进了干休所，你和高寒也离婚了，一个人窝在湘西那个小地方也没啥意思，干脆来广州算了，二姐也好照顾你。”

我不喜欢广州，广州人很排外，用轻蔑的口气地把韶关以北的人都称之为“北佬”、“北姑”，典型的小南蛮子嘴脸！我喜欢深圳，深圳搞五湖四海，“来了就是深圳人”。是一个充满活力和激情的城市。二姐说：“深圳也行，反正离广州也不远。我们在那也有不少朋友，可以照顾你。”

14

二姐夫送我去深圳，把我介绍给他的一个叫阿水的朋友。二姐夫让我喊他水哥。水哥是“香江集团”副董事长，“香江集团”支柱产业——“香江大酒店”董事长、总经理。水哥是当地人，当过兵，原来是二姐夫手底下的食堂管理员。二姐夫觉得小伙子不错，就推荐他上了军校。正连职转业。

见到二姐夫，水哥有点小激动，双手抱拳：“老首长，什么风把您吹来了？请、请、请!”把我们让到他阔大、奢华的总经理办公室。

二姐夫说明来意，水哥爽快答应：“洒洒水啦，想去集团哪个部门，我安排。小妹要不嫌弃香江大酒楼，只要不是我总经理宝座，其他岗位随便挑。”

二姐夫：“不用那么费事，小妹只想唱歌。”

水哥：“那还不简单，咱自家的‘香江夜总会’，在深圳也是数一数二的”。摁通话器，通知秘书：“把媛媛带到夜总会去见郑总。”然后转过头对二姐夫说：“您放心，我都安排好了。今天我请您喝路易十三。”

夜总会艺术总监郑一凡知道我是水哥的路子，虽然不太情愿，但还是笑脸相迎。他的人生经验告诉他，凡是走后门的，基本都是没本事的，但又惹不起。郑总小心翼翼地：“媛媛小姐，我知道您是水哥介绍来的，但咱按规矩还是要考核一下的。”

我说：“没问题，按规矩办。”

我一开口，技惊四座，音准自必不说，音色甜美，音域宽广，表现力超强，天生的歌后呀。更让郑总想不到的是，我粤语歌、闽南歌（台湾歌曲）也能唱得那么好。

郑总像盗墓贼挖到宝一样，激动的打电话：“水哥，咱们挖到宝啦!”

水哥：“什么情况?”

听了郑总的介绍，水哥也很兴奋。因为他和郑总都碍于二姐夫的面子，给我一个差事。水哥最初听说我是青少年宫搞少儿培训的，以为我就会唱两首儿歌。后来二姐夫介绍我在中学时就获得金奖，还以为是中学生唱歌比赛呢，也没放在心上。冲着二姐夫的面子，就是养，也得像大爷一样伺候着。

郑总原来是广州音乐学院教授，他老人家一向以严苛、不近人情著称。能入他老人家法眼的，“香江夜总会”开业这么久，我是第一人。水哥紧紧握着二姐夫的手，连声说：“谢谢呀！来，都在酒里，喝!”

水哥马上指示郑总制作大型海报：“湘西夜莺，唱响鹏城。”从那一天开始，我登上深圳夜总会的舞台。

郑教授觉得我是一块璞玉，对我精心雕琢，用音乐学院的教程训练我。两年后，我的专业水准已经达到音乐学院本科生的水平。

15

我很快就成了“香江夜总会”的一姐。这除了水哥的背景、郑教授培养外，最主要的还有我的仗义和豪气。我成了“香江夜总会”副总经理后，我就绝不允许所谓的腕欺负无名之辈；不允许老员工欺负新员工。

凡事讲究公平、公正。为此，我被深圳歌舞厅行业管理协会评为“最佳女歌手”。

我开始走出“香江夜总会”这个小圈子。报名参加了深圳市团市委主办的“荔枝杯”青年歌手大赛。

水哥报请董事会批准，香江集团出资100万元赞助“荔枝杯”大赛，力推我当冠军。我态度很明确：如果让我这样参赛，我坚决不参加。

我和水哥推心置腹：“你要相信你妹妹的实力！再说，‘荔枝杯’只评十大歌手，不排名次，哪有什么冠军哪?”

水哥：“那董事会已经把这笔钱批出来了，我总不能一个人把它吃了、喝了。”

“那你把它捐给‘希望工程’。”

不久，中国青少年基金会“希望工程”项目就收到“香江集团”的100万元的捐款。

参加决赛那天，水哥带领100多人的团队给我助威。获奖后，《深圳特区报》有一个记者挖到我在中学时就获得过“湘西市首届青年歌手大赛”金奖的猛料，就以“湘西夜莺，唱响鹏城”为标题，在报纸上发了一个专访，我在深圳露脸了。

集团高兴，组织大家到大梅沙开庆功会。庆功会前，又安排了一项游泳比赛助兴。比赛是公司团委组织的，30岁以下人参加。但年近40岁的水哥仗着自己海边长大，又经过部队专业训练，就来个率先垂范，参加青年人的比赛。水哥的壮举，赢得了青年人的阵阵欢呼。我心中隐隐不安，但看到大家高兴劲儿，也不好劝阻。只能加倍留意比赛状况。

比赛开始，水哥还不错。但折返后，水哥就有些力气不支了。忽然，水哥两手在水上乱扑腾。我知道水哥抽筋了。一个猛子扎过去，托起水哥向岸边游。

水哥是抽筋，不像溺水人，双手抓住什么东西就不放，死死纠缠。他神智很清楚，配合救助。所以，我很快就把他拖上岸了。

16

庆功会上，水哥称我为救命恩人，连敬我三杯。又挨桌敬酒。很快就喝高了。水哥向大家爆料：“你们知不知道，彭媛媛，司令员的女儿，她可不是一般人。”说完，轰然倒下。

我最怕别人说我是司令员女儿。不知道军分区司令员官多大的，以为我拼爹；知道是师级干部的，在中尉、上尉，一切都无所谓，上校、大校，一切都无效的今天，会觉得我卖弄，拉虎皮做大旗。深圳是个靠本事吃饭的地方，我可不想受虚名之累。

大家把水哥扶到沙发上，找一个垫子让他躺好。然后，集团张副总宣布了两项决定：1、彭媛媛代表集团获得“荔枝杯”十大青年歌手称号，为集团争得荣誉，奖励人民币10000元；2、任命彭媛媛为“香江夜总会”总经理。啪、啪、啪，掌声响起，然后争相敬酒，我一下子成了焦点。

17

世间万物讲究平衡，一个人太得意的时候，厄运就会来了。

一天深夜，夜总会散场后，我急忙往家赶。女人真是麻烦，每个月都有几天不清爽。下身黏糊糊的，我想快点回家冲凉，好好休息一下。

走到出租屋小巷，我感觉到后边有人跟踪我，我加快了脚步。忽然，前边又有两个黑影挡住了我的去路，形成前后夹击之势。我并没有慌乱，借着小巷昏暗的路灯打量来人。一看，认识，是高寒和他的两个哥们。

“你想干什么?”

高寒：“我找得你好苦啊！妞妞（女儿小名）想妈妈啦，跟我回家！”

“高寒，你别忘了，咱俩已经离婚了。”

高寒：“离婚，可以复婚，只要你回家，我一定和你好好过日子。”

“你别做梦啦!”

高寒：“你不走也得走!”说完，示意两个兄弟带我走。我拼命挣扎，高喊：“救命啊!”

说来也巧，水哥带几个兄弟到大排档消夜正好路过，听到我的喊声，赶紧跑过来，喝问：“你们想干什么?”

高寒：“我们两口子家事，外人少管!”

水哥看着我说：“他是你老公?”

“不是。”

高寒：“你……”

水哥：“你什么你?你再纠缠不放，我把你送到派出所去。”

高寒看看水哥周围的虎狼兄弟，虽心有不甘，但也无可奈何，指着我说：“算你狠，你别让我再碰到你!”带着两个兄弟悻悻离去。

我知道他放狠话，是给自己找台阶下。在深圳，有水哥这样的“地头蛇”，在湘西市，公安局局长李叔叔是我爸的老部下。我的哥哥、姐姐都是湘西市有头有脸的人物，哪个他都惹不起。再说，他对我还是真心的，怎么会忍心伤害哪?

18

水哥怕高寒阴魂不散，再找我麻烦，就让我和他们一起去消夜。

消夜吃的是虾蟹砂锅粥、干炒牛河，下酒菜是卤水拼盘、秋刀鱼蘸普宁豆瓣酱、炒花甲、蚝油生菜。都是大排档的东西，但味道地道。酒是“蓝带”，两斤装的。

我今天特别想喝酒，一醉解千愁。我频频举杯敬大家，很快一酒瓶见底了。水哥打电话让人又送来一瓶两斤装的“蓝带”。几个小弟喝高了，脚下发飘，晃晃悠悠地离去。水哥警告几个小弟：“今天晚上的事谁也不许说出去!”几个小弟忙不迭地一口答应。

方才有其他人在场，我和水哥谈一些工作上的事。现在，只有两个人了，就把我和高寒相恋、结婚、离婚、逃离的经过都原原本本地告诉了水哥。水哥这才知道，我不但经历了结婚、离婚，还有那么大的一个孩子。

水哥叹口气说：“咳，家家都有一本难念的经啊!就说我吧，表面看着风光，其实内心彷徨。”

水哥的老婆是同一个村的人，父母已经移民英国。水哥当兵走的时候，订了婚。水哥提干后，就结婚，生了两个儿子。

水哥的老婆方美莲，家庭妇女。文化程度不高，初中毕业。美莲相貌清秀，性格温柔，平时话语不多，忙里忙外。把全部心思都放在照顾儿子、孝敬公婆上。

水哥在读军校时，和一个女同学好上了，想离婚。首先，遭到父母强烈的反对：昏头了，这么好的媳妇上哪找去？其次，美莲态度坚决：死也不离！两面夹攻，水哥败下阵来。只能和女同学挥泪分手，相约来生。

水哥转业后，再也没有提离婚的事。日子不咸不淡过着，有时两个人一天都说不上三句话。水哥当上总经理后，更是忙得经常不回家。水嫂也不在乎，自家有楼，租金自不必说。每年村里分红也有几十万，衣食无忧。至于水哥回不回家，在外是“包二奶”、还是“养小三”，随便。只要不离婚就行。说到这里，水哥看了我一眼：“你说我是不是有点矫情？在自寻烦恼?”

我不知道怎么回答。酒真是个好东西，它能迅速拉近人与人之间的距离。一顿酒下来，我已经和水哥成了知己。两个人把自己最私密的东西都告诉了对方，也就是交了心，上床也就是顺带的事了。

19

水哥奢华的办公室，我刚来时见过，但打开墙门（与墙浑然一体，开启时，才成为一道门），我还是被震住了。门里边别有洞天。一张超大的床、自动按摩鸳鸯浴缸、干蒸房、家庭影院、小型酒吧，一应俱全。水哥告诉我，这里，我是第一个被邀请的女性。我不知是骄傲，还是激动，还是虚荣，身体一下子燃烧起来。

水哥是虎狼之年，又缺乏正常的夫妻生活，见到媚眼如丝、风情万种的我，早已按捺不住，提枪上马，哇呀呀，向我军杀来。我不甘示弱，拍马舞刀迎上前去，与那厮大战三百回合。那真是天昏地暗、飞沙走石！

20

我当了夜总会总经理后已经不再天天登台演出了。我只在重要的节日、重要的节点，以红歌星的身份唱一、两首，因为很多人是冲着我的名气来的。

我手下的两个副总经理，一个管演出，一个管经营，做得都很出色。我可以放手让他们做。我腾出时间和水哥约会。我与水哥约会，尽量避开众人，自以为做得隐秘，但很快就地球人都知道了，连水嫂也知道了。

深圳是个包容性最强的城市，也是最尊重别人隐私的城市。这种事在深圳司空见惯，没人把它当回事，更没有组织找你谈话。只要高寒不搅和，水嫂不打上门，这事没人管。

我一直很奇怪，高寒怎么闹了一次就销声匿迹了呢？后来，我才知道了事情的原委。

在高寒找我的第二天一大早，水哥就找到了高寒他们住的“十元店”。见到水哥，高寒有些紧张：“我们今天就离开开深圳。”

水哥安慰他：“别紧张，我不是来找麻烦的。”

高寒见水哥自己驾驶一辆奔驰600，连一个司机都没带，确实不像找麻烦的，但也知道了水哥的实力。奔驰600，一百多万，整个湘西市也没有一台。高寒看我有这样的人罩着，再也不敢找我麻烦了。高寒在江湖混这么多年，是一个懂得进退的人。

“那您这是？”

“我是想问你们接下来有什么打算？如果你们想留下来，我帮你们找工作？”

高寒：“我们今天就走。”

水哥：“既来之则安之。这样吧，你们来一趟也不容易，我安排你们到香港、澳门旅游。手续我帮你们办，但要等两天。这两天我派司机和车，带你们先在深圳转一转。你们住的条件太差了，换一个好一点的地方。我先带你们去新安酒家喝茶。”

高寒听说喝茶，心里嘀咕：这一大早，喝什么茶呀？空腹喝茶伤胃。但也不好拂水哥的好意。

到了新安酒家才知道，原来广东喝茶，就是吃早点。各种小吃琳琅满目，光粥就有七、八种。有白粥、皮蛋廋肉粥、白果粥、柴鱼花生粥、菜干粥等。还有虾饺、烧卖、凤爪、牛肉球等，高寒他们算是开了眼界了。

两天后，办好了去香港、澳门的手续，水哥派司机把他们送到罗湖口岸。进关前，司机拿出一万元港币，说是水哥的一点小意思。高寒不收，司机叫高寒不要让他为难。高寒还想拒绝，司机往高寒怀里一扔，就跑了。

高寒和两个哥们在香港、澳门玩得挺尽兴。然后，在珠海拱北出关，直接回了老家。

21

一天，我接到水哥电话，让我下楼。见面后，水哥递给我一份房屋“认购书”，说村里集资建房，他有一个指标可以购买一套80平方米、三房两厅的房子，问我要不要。我当然要了，这种房子都是成本价，跟白捡的差不多。

我是在独栋小楼长大的，对房子不像一般人看得那么重，但在深圳闯荡这么多年，一直租房住，还是有漂泊之感。有了房子，家的感觉马上有了。

我跑遍了深圳的家具厂、电器厂、布料街、大商场，对每一件家庭用品，包括饰物、小摆件，都精挑细选。小屋让我弄得很小资，温馨浪漫。水哥说是“温柔乡”，我则称之为“盘丝洞”。水哥笑岔气了：“哪有说自己是妖精的?”

我和水哥与其他恋人也差不多。约会、亲热、偶尔吵架、再以上床表示和解。我俩无话不谈，但都小心地避开一词：结婚。水哥感到愧疚，我也不知道最终的结局是什么，推着往前走呗。有点今朝有酒今朝醉的味道。

水哥推掉所有应酬，一有空就和我腻在一起。我演出的时候，再忙，也要亲临现场。我俩最大的乐趣就是“色食性也。”躲在“盘丝洞”，各自做上两个拿手好菜，开上一瓶好酒，有时是红酒，有时是洋酒，对饮。我做湘西有名的“外婆血鸭”、“土匪炒猪肝”、“腊味合蒸”。水哥做海鲜，“清蒸石斑鱼”、“姜葱炒螃蟹”、“蒜蓉开边虾”。

喝得醉眼迷离的，然后上床折腾。有时，一晚上做爱三、四次。

水哥有钱，但我从来不用他的钱。他送我一张十万元的银行卡，也被我拒绝了。他给我买礼物，LV 包、瑞士表、香奈儿，我都欣然接受。我喜欢给水哥买名牌领带、腰带，据说这两样东西都能拴住男人。

后来水哥又让公司给我配备了一辆红色的“三菱”跑车，我也成了有车一族。我回湘西前，把车交回公司。公司查遍档案，没有购置“三菱”车的记录。我这才知道，车是水哥自己掏钱买的，怕我不接受才说是公司配的。我深圳的东西送的送，卖的卖，只把这辆车留下了，我就是开着它回的湘西。每当我遇到困难时，看到它，我就觉得水哥还在关注我，支撑我走下去。

22

水嫂约我茶馆见面，我有点紧张。我给自己鼓劲：真爱无罪！但还是有做贼心虚的感觉。

和水嫂见了面，房间只有她一个人，看不出要痛扁我一顿地迹象。水嫂脸色平和，也不像讨伐“小三”的，哀家稍稍心安。

水嫂告诉我：“签证下来了，我要走了。”

“去哪？”

“英国。”

“怎么回事？”

水嫂告诉我，60 年代她父母逃到香港，后来又移民英国。在英国开了一间中餐厅，生意还不错。父母就我这么一个女儿，早就让我和阿水过去，但阿水不愿意走。我舍不得阿水和孩子，放不下公婆，就一直拖着没走。现在，父母已经干不动了，我不走不行了。今天，签证下来了，我和两个儿子的。本来，阿水可以一块办，但他为了你，死活都要留下。

水嫂说着，眼泪流了下来，我也泪流满面，水嫂拉住我的手说：“我走之前，会和阿水把离婚手续办了，让你们光明正大地在一起。我今天找你，主要是公婆的年纪大了，我放心不下。阿水虽然有兄弟姐妹，但老人家一直和我们住在一起，我现在把他们交给你啦，一定帮我照顾好老人家！阿水去广州了，签证下来的事他还不知道，你告诉他吧！”

水嫂结完账走了，我一个人呆呆地坐在茶室，忽然觉得自己挺不是东西的，恨不得扇自己两耳光。

23

我无精打采地回到家里。打开电视机，正在播放紧急通知：今年一号台风，预计今晚在惠东登陆，将袭击整个珠江三角洲，请有关部门做好防台风准备。呼吁广大市民尽量不要外出，现已发出橙色预警。

我不禁为水哥担心起来。水哥昨天去中山大学参加MBA论文答辩，今天回来，不知在台风到来前能不能赶回来。我正要给水哥打电话，水哥的电话来了："媛媛，想我了吗?"

"不想。"

本来，能和水哥修成了正果，是一件值得庆祝的事情，可不知道为什么，就是高兴不起来，也不想马上和水哥说这件事。

水哥感觉到了："美女，情绪不高嘛！是不是身体不舒服?"

"没有。"

"那就好。告诉你个好消息，我的MBA论文答辩通过了。我要第一时间赶回去，与你分享。"

"台风要来了，路上不安全，要不明天白天再回来吧!"

"不行，我都两天都没见到你啦。公司接我的车马上就到了，在家等着我!"

"那好吧，路上注意安全！回来我有事要和说。"

"好事、坏事?"

"好事。"

"那你现在就告诉我!"

"不嘛。"

"好、好、好，我倒要看看你能给我什么意外惊喜。"

24

台风提前登陆了，狂风挟着暴雨肆虐深圳。参天大树连根拔起，广告牌铁皮像纸片一样在空中乱飞。望着如墨的雨夜，我深深地为水哥担心。快10点了，也没见到水哥的影子，电话也打不通。我心急如焚，有一种不祥的预感。

我正坐立难安，水哥的秘书菁菁电话来了：“媛媛姐，不好了，水哥没了。”

我抱着一丝幻想：“什么没了？失联啦？”

“不是，在广深高速公路上，一辆大货柜车失控，把咱公司的小轿车撞得稀烂，只有车牌是完好的，水哥和司机当场死亡。”

啪，手机跌落在地板上我晕过去了。“喂、喂、喂，”手机里传来菁菁焦急的呼喊声。

25

我醒来时，已经是第二天早上了，菁菁守护在我的身旁。我怎么到医院来啦？看到菁菁，我想起来了，水哥没了。我赶紧换衣服，想到殡仪馆与水哥见最后一面。菁菁按住我：“你以什么身份？白发人送黑发人，够惨的了，你就别再刺激他们啦！”

菁菁说的有道理，我算什么？说好听的是爱情，说不好听的，就是偷情，摆不上台面。我痛彻心扉，失声痛哭。

水哥开追悼会那天，我还是偷偷从医院跑出来，戴着墨镜，包着头巾，远远地看了水哥一眼，双手合十，祈祷水哥一路走好！

我靠着在松树颤颤巍巍地站着，心中无限悔恨。水哥做梦都想和我结婚，现在终于可以在一起了，我却没有告诉他，让他带着遗憾离去。

老天真地对我不公，我还没有从水哥死去的阴影走出来，又一个打击接踵而来。爸爸得了老年痴呆症，哥哥姐姐谁也不认识，整天嘴里喊着：小六儿、小六儿。二姐让我赶紧回去看看。

水哥的离去，让我倍感亲情的宝贵。作为爸爸最疼爱的女儿，我一定要陪爸爸走完人生的最后里程，不管是一年、三年，还是五年。还有，妞妞也快上中学了，我这个当妈妈的也该尽尽爱心了。

“盘丝洞”让我睹物伤情，我仨瓜俩枣就卖了。想想怪可惜的，现在值几百万哪!

八年，我已经把自己当成深圳人了。虽然有千般不舍，万般眷恋，但为了老父亲、爱女，我还是挥泪告别了深圳。

26

回到湘西，我除了照顾父亲、女儿，还要面对高寒。高寒这么多年一直单着。问他为什么不找对象，他说也不是不找，找了几个，都没法和你比。

高寒从深圳回来，本来对我已经死心了，现在，水哥死了，我又回到了湘西，他认为机会又来了。这次，我没有选择逃避，而是主动邀请高寒喝酒。高寒说，我戒酒了。我没理他，我知道他这是做姿态给我看。

我开诚布公地对高寒说：“你是妞妞的爸爸，我是妞妞的妈妈，我们两个不可能没有交集和来往，但也只限于在对妞妞的培养上，其他的，我希望咱俩能像朋友一样交往。我的脾气你也知道，我不想弄得别别扭扭的。你也别非得在我这棵歪脖树上吊，你还是赶紧再找一个吧!”

高寒这回还真听劝了，到底是三十五、六的人啦。高寒和一个叫春芳的姑娘结婚了，第二年生了个儿子。我也把妞妞接到了自己身边。

27

时间过得真快，三年一眨眼就过去了。这三年，我照顾老的，照顾小的，每天忙得团团转。亲爱的老父亲，我虽然尽心服侍，最后还是走了。唯一值得高兴的事，就是妞妞以全市第一名的成绩，考入我的母校——湘西市第一中学。妞妞随谁呢？我和高寒学习都不咋好，可能随我三姐。我三姐当年就是学霸，是湘西市第一个考入清华大学的。

妞妞住校，爸爸不在了，我又变成孤零零一个人了。

当一个人整天忙的像陀螺一样不停地旋转时，根本没有时间想七想八，累得只想上床休息。现在闲下来了，我开始怀念深圳。深圳的八年，是我人生最精彩的华章。我喜欢深圳公平竞争的社会生态环境，也适应深圳生活的快节奏。我这个人比较单纯，不喜欢钩心斗角，但小地方这种事特别多。最后促使我下定决心离开湘西，二闯深圳，就是源自最好姐妹的伤害。

我在深圳工作八年，经受了改革开放的洗礼，切身感受过“深圳速度”。回到湘西工作后，我把在深圳学到的东西融入工作中去，工作方法新，工作效率高，青少年宫上上下下对我刮目相看。

上级要提拔我为市青少年宫副主任，在公示期间，接到举报信，说我长期不在工作岗位，跑到深圳捞大钱，这样的人不能当副主任。举报人就是副主任竞争者之一，也是我的最好姐妹张洁。张洁，我每次从深圳回来，都给她带进口的化妆品，有些我自己都舍不得用。她去深圳，我包吃包住包旅游，花了我好几千块钱。没想到，关键时刻，背后捅刀子。

本来我是不想当这个副主任的，一是，是留、是走，我一直犹豫不定；二是，我对当官不感冒。我父亲是地师级干部，我哥哥、姐姐、姐夫，好几个都是当官的，都是县团级干部。所以组织找我谈话时，我明确表态不当，但组织决定不会被个人想法所左右，最后，还是作为副主任人选公示。现在，有人举报，我倒想当了。

停薪留职，这是政策允许的，我也是经过批准同意后才走的。湘西市委市政府为了加大改革开放力度，近期，正准备选派一批青年干部到深圳、珠海、厦门、海南等地以打工的方式，进行社会实践。这更说明我的行为没有错。我怕中间出现什么岔头，就去找了原来在公安局当局长的张叔叔，张叔叔现在是市委分管组织工作的副书记。本来，市青少年宫副主任，充其量也就是个副科级，不是市管干部，根本入不了他老人家的法眼，但看在老爸的份上，张叔叔还是过问了一下。任命很快下来了。在宣布任命的那天，我递交了辞呈。

28

人们说深圳是“一夜城”，我是真见识了。仅仅离开三年多，就恍如隔世，变得我哪哪都不认识了，又有了第一次来深圳，乡下人进城的感觉。

夜总会已经衰落了，被卡拉 OK 歌舞厅所取代。

中国人富起来后，干的第一件事就是取姨太、纳小妾。那些包工头、民营老板明目张胆地干。一些官员，或者一些手握资源的人，就包养情人、挎小秘，“小二”、“小三”成了刺激社会神经的一道风景。

干的第二件事就是要灯红酒绿体验一下“夜上海”奢靡的生活滋味。有俩臭钱的人，都把自己想象成“上海滩”大佬许文强，在夜总会招摇过市，威风八面。

现在，风向变了，土豪们从自大变成自恋，人人都把自己当成歌唱家，尽管唱得鬼哭狼嚎，纯粹噪音，但却旁若无人，抱着麦克风，摇头晃脑，自我陶醉。

门牌号为 333、555、666、888、999 的包房，都常年被大老板包下。被请去的人，除了享受美酒、美女、美食外，还有 K 粉、大麻、摇头丸，玩得最嗨的是“吸面”（抽海洛因）。歌舞厅成了最复杂、最色情、最堕落的地方。而在大厅唱歌的歌手变得和逗小丑、玩杂耍、耍魔术的一样，成了助兴的工具。歌手在上面唱，下面敬酒声、咀嚼声、碗碟碰撞声、欢笑声响成一片，和唱堂会没啥区别。

这歌手是不能干了。有朋友想聘我当歌舞厅经理，也被我拒绝了，我另谋高就。

29

我这次工作还是二姐帮我找的，在一家外贸集团工会工作。3 个月后，我户口也调入深圳。当时，外贸企业的待遇让人羡慕嫉妒恨，我虽然没有做业务的提成拿得那么多，但在深圳也绝对属于高收入阶层。

安居才能乐业。我在深圳安定下来后，当务之急就是买房。说起买房，我又想了我的“盘丝洞”，真是可惜！

我选中了“南苑小区”一套 98 平方米的房子，卖房子的是一位四十四、五的一个中年大哥，姓关、圆脸、中等个，为人和气，说话慢声细语的。房子不是他的，是他移民国外的朋友委托他卖的。虽然中介两边沟通，已经讲好价钱了，但见了面以后，我还是想压压价。关大哥很为难：“这要是我自己的房子，不是不可以商量，但与朋友说好的价格，不能说变就变。要不这样，房子我做不了主，但这屋子里的家具我可以做主送给你。这房子，只住了3个月，家具都蛮新的，你可以拎包入住。”

我喜出望外：“那就谢谢啦!”本来就是有枣没枣打三竿之举，没想到还真有意外收获。这家的家具线条简洁、大方，和整个房屋的装修风格很搭配，看出房屋主人当初用了不少心思。

我对关大哥印象不错，既能维护朋友利益，又能帮助对方考虑。办理房子过户手续跑房屋交易中心、水、电、煤气、有线电视等部门，都是关大哥开车陪我去的。为了感谢关大哥，我请他吃饭。吃完饭，互相留了电话，但后来一直没联系。

30

一天，快下班了，我的顶头上司工会主席张姐把我叫到办公室，说是下班带我去相亲。

张姐和我二姐是一块从老家出来当兵的好姐妹。张姐的老公是我们公司的董事长。相亲对象是一位建材公司的老板，是张姐老公的老部下，都是基建工程兵转业到深圳的。

让我尽快成家，这是二姐给张姐下的死命令。一开始，我对二姐这种做法很反感，对相亲也很抵触。心想，即使再也碰不到水哥那样刻骨铭心的爱情，但找一个年纪相当的结婚应该不是什么难事。本姑娘论容貌、身材、气质、家世、经济条件，哪样都不比比别人差。性格嘛，也可以啦，虽然有些任性，但绝没有“官二代”身上的那些臭毛病。不过，生活很快就让我知道了理想很丰满，现实很骨感。

和我年纪相当的，甚至比我年轻的，愿意和我交朋友的很多，但没有一个是冲着结婚去的。深圳的男人被女人宠坏了。深圳的男女比例1：6，是中国男女比例最失衡的城市。深圳堆积了一帮三十多岁的“白骨精”(白领、骨干、精英)，有的是像我这样离婚的，有的是挑花眼的“剩女”，有的是从农村打拼出来的“大龄女”。三种女人虽然经历不同，但目标一致，都锁定四十多岁到五十多岁的离婚男人。因为她们深知，深圳很多男人三十五、六才考虑成家，目标自然是二十多岁的小姑娘。四十来岁的男人，刚离婚，正是“一枝花”的时候，有大把小姑娘扑，才不和你们这帮“小寡妇”、“剩女”、“大龄女”扯淡。

我相过几次亲，不是年纪大十多岁，就是长得歪瓜裂枣，再不就是穷鬼，我欲哭无泪啊！对今天的相亲，我也没抱太大希望，但吃饭的地方选择湘菜馆，我还是能感觉到对方的诚意。

一进包房，我愣住了，相亲的对象竟然是关大哥，这世界也太小啦！我和关大哥虽然一起吃过饭，但我一直喊他关大哥，没问他的名字，所以张姐说关镇国时，我并没有同关大哥对上号。关大哥在办理房屋过户手续时，知道我的名字彭媛媛，但没想到此彭媛媛就是彼彭媛媛。张姐感慨万千：“缘分哪！”

我虽然是奔四十岁的人了，但衣着讲究，又化妆，像三十出头的人。老关和我虽然只差六、七岁，但长得老相，感觉像大十多岁，真有点“老牛吃嫩草”的味道。这要在以前，我肯定考虑都不考虑。残酷的现实教育了我，嫩草常有，而牛不常在。

我和老关很快到了谈婚论嫁的地步。老关把自己一套一百四十平方米的房子重新装修，用的都是进口材料。这回，老关这个搞建材的，可有了用武之地了。房产证上也添上了我的名字。

我和老关领了结婚证后，我的意思就是把二姐、二姐夫、张姐、张姐老公和老关的几个亲朋好友请来，摆两桌祝贺一下就行了，但老关坚决不同意。他说：“我家上辈子不知积了什么德了，让我能娶到仙女一样的婆姨，一定要大办。”老关把深圳的战友、生意场上的朋友、三姑六婆，能请来的都请来了，在佳宁娜大酒店摆了三十多桌。

我又一次穿上婚纱，伴随着婚礼进行曲的节奏，挎着老关的胳膊，款款走向婚礼台。忽然，一个披头散发的中年女人嘴里喊着：“扎死你个狐狸精”，端着一把剪刀向我冲过来。我一下子傻了，愣愣地望着她。老关到底当过兵，反应还算机敏，把我向身后一拉挡住了疯女人。噗，剪刀扎在老关的肚子上，现场一片混乱。酒店保安配合赶来的康宁医院医助制止住疯女人，老关的几个战友手忙脚乱地往医院送老关，二姐和张姐护送我躲到化妆室，我大脑一片空白。

31

疯女人是老关的前妻，叫张桂兰。人长得有几分姿色，是一个爱打扮、爱梦想的女人。张桂兰在麻将桌上认识了一个自称是总参情报部的一个上校，一下子就被上校神秘的工作、帅气的外表、冷峻的神情迷住了。老关性子有点绵，张桂兰嫌他不够爷们。现在遇到了真正的男子汉，奋不顾身地扑了过去。抛夫弃子，去寻找真正的爱情。房子留给老关，存款100万元带走了，“本田”车开走了。

100万元，是老关公司的流动资金。流动资金都拿走了，资金断链，老关的公司差点关门。后来还是一个朋友援手，才渡过了难关。

张桂兰将100万元交给上校与广州军区后勤部做生意后，张桂兰再也见不到上校了，电话里今天说是回北京开会，明天说出差，整整一个月连个照面都没打。张桂兰认为可能遇到了骗子，准备报警。上校又出现了，还带着一个大钻戒，发票上显示价值8万元。张桂兰激动得热泪盈眶：真男人，做事就是大气!

上校告诉张桂兰：除了本金，还赚了100万，路上带着不安全，他现在回来开车去拉钱。现代社会，别说100万，就是1000万，一张银行卡就带回来了，哪用什么车拉？这种三岁孩子都不信的谎话，张桂兰竟然深信不疑，痛痛快快地把车钥匙交给了上校。上回，还时不时有个电话来，这次，再也没有音信，电话也成了空号。张桂兰报警，警方一查，上校所有的信息都是假的，当然，那颗钻戒也是假的，张桂兰疯了。

老关把她送进了康宁医院，所有的费用都由老关负责。本来恢复的挺好的，今天不知怎么就跑出来了。后来弄清楚了，是老关生意上的一个对手，给张桂兰打的电话，说是老关另觅新欢了，不管你了，这才刺激张桂兰大闹婚礼现场。

32

我去医院看望老关，所幸刀口不深，没有伤及内脏，缝了七针，七天后拆线就可以出院了。

老关抱歉地看着我，想说一些道歉的话，我打了一个“停”的手势，把老关的话堵了回去。老关没多说什么，只是郑重地向我承诺：一定给我一个像样的婚礼！

老关既要照顾张桂兰，又要关心我，两头跑，累得够呛。有时让我也很烦：这结婚不像结婚，搭伙不像搭伙的，这哪天是个头啊？分手算了，但又一想，张桂兰对老关伤害那么深，他还能这样善待她，这样的男人上哪找去？事摊上了，只能给自己宽心了，但遇到我心情不好时，也把老关关在门外过。老关不急不恼，自嘲：“都是这姓闹得，老关、老关，就是让老婆关在门外。”老关知道我不爽，就买了一台“甲壳虫”小汽车送给了我，算是补偿。

33

外贸企业越来越不景气，年轻的纷纷跳槽，年纪大的每月领一、两千块钱生活补贴，等着退休。我买断了工龄，提前退休，开了一家“纳米汗蒸馆”，装修自然由老关包工包料了，典型的夫妻店。

开业这天老关没来，他在医院照顾病重的张桂兰。客人散去，我累得一屁股坐在大厅的沙发上。刚坐下，收到老关的一条短信：“她走了，我送她最后一程。”我还没来得及回，又一条短信到了：“我一定兑现我的诺言！”

看着两条短信，我思绪万千，我想到了高寒，想到了水哥，想到了老关，我的婚姻一波三折，算不上幸福，但我遇到的三个男人，都真心对我，这可比那些同床异梦、吵吵闹闹、互相伤害的夫妻幸福多了。

我打开大厅的电视机，里面正在播放刀郎的《爱是你我》，唱歌的是小沈阳、李春阳两口子。

这世界　我来了
任凭风暴漩涡
只是你爱的承诺
让我看到了阳光闪烁
爱拥抱着我

我感觉到它的抚摸
就算生活
给了我无尽的痛苦折磨
我还是觉得幸福更多
幸福更多

李春阳一个高音飘来："就算生活，给了无尽的痛苦折磨，我还是觉得幸福更多"，这首我听了无数次的歌曲，此刻，一下子洞穿了我的灵魂，我不禁潸然泪下。

2　狗屎运

官场上有一个公开的秘密，“要想富，动干部”。所以新市委书记到任后，常平市很多部门一把手，尤其是有实权的部门一把手都在考虑用多少银子能够保住自己的宝座。但市委书记没有大动干戈，只是做了微调，市委常委、市委秘书长不在兼任市委办公室主任，主任由东风县政协主席调任。

一石激起千层浪。办公室主任是本来就是一个惹眼的角色，唯其变动一人，更是成了大家关注的焦点。而他政协主席的身份，更是让大家议论纷纷。市委办公室是什么地方？是市委的中枢神经！主任可是个手眼通天的人物，怎么让一个退居二线的老家伙来干?!

但是，新主任到让后，着实让大家吃了一惊，来者并非皓首鸡皮的老者，而是一个年富力强的四十二、三岁的中年人，还是个正牌大学生。怎么回事？何方神圣？一时间，新主任周晓东风头盖过了市委书记。

周晓东何许人也，我最清楚。晓东和我是一起光屁股长大的。这小子一是爱钻计，发现个蚂蚁窝也蹲那研究半天，最后分出那个是工蚁、蚁后、蚁王。二是蔫坏。山里孩子经常烧鸟蛋打牙祭，上树掏鸟蛋是晓东的拿手的好活，他掏，我用帽兜接，这小子仍了几个后，就把鸟蛋捏碎往下扔了，一接，帽兜里黄黄白白的，黏黏糊糊的，讨厌死了。气得我用弹弓射他，他在树上一边躲，一边得意地哈哈大笑。

晓东四岁时母亲病逝，六岁时父亲又给他娶了个后妈。后妈是狠毒的代名词，今后的苦难在等着他。谁知道这小子命好，后妈是个菩萨心肠的女人，性情温和，慈祥仁厚，视晓东如己出。有什么好吃好喝的都紧着晓东，晓东闯祸了，他爹要揍他，他后妈横拔楞竖挡着，气得他爹说她护犊子。同父异母的妹妹也常抱怨妈妈偏心。

晓东和我从小学、初中到高中一直在一个班，高中最后一年分文理科才分开。1979 年参加高考，离本科录取线我差 3 份，他差 2 分。第二年我俩又一同到县一中复读。复读期间，我是起五更，爬半夜，费了九牛二虎之力考上了省师范大学。晓东不贪黑，不起早，居然也考上了省林学院。他们班上很多成绩比他好的，都落了榜，或者上了中专学校。毕业后，我分到了深圳，他分回来老家。

20 世纪 80 年代初大学生还是宝贝的，县里基本上排不上号，我想晓东再怎么样也能留在林业局。没想到被一个有背景的林校中专毕业生给挤到了西苇苗圃场。

西苇山高林密，交通不便，是离县城最远的一个林场。晓东倒没觉得屈才，本来就是农村娃，到城里转了一圈，这现钱挣上，红本（商品粮供应本）有了，这小日子，有啥挑？

西苇苗圃场 1950 年建场以来，别说大学生，就是中专生也没见过。大学生，和过去的举人差不多吧！大家觉得稀罕，不叫名字，都叫他大学生。大学生人倒没什么架子，就是不知道本事怎么样。一天，林场附近的村民把大学生请到果场，说果树几年都不结果，问他有什么高招。大学生一看，问题很简单，果树从来没剪过枝，老枝不结果。他准备给树剪枝，村民抱着树哭了，枝都剪了，拿什么结果呀？大学生哭笑不得，就给他们讲剪老枝发新枝，新枝才结果的道理，并拍着胸脯说，剪枝后如果不结果他负责。果树剪枝又恰赶丰年，水果大丰收，大学生一战成名。

大学生让大家刮目相看的第二件事是搞嫁接。大学生发现苗圃引进的一些树种，如苹果树、桃树等，结出的果子又酸又涩，猪都不爱吃。经过对土壤、气候、环境的分析，认为这同“橘生淮南则为橘，橘生淮北则为枳”的道理一样，水土不服。大学生就用本地的山梨树嫁接苹果树，培养出了一个新水果品种——“苹果梨”。一推出，即成为市场新宠。西苇林场职工和周围村民腰包都鼓鼓的。

大学生一下子成了当地最受欢迎的人，大家都以能请大学生去家里吃饭为荣。大学生为人随和，不看人下菜碟，去谁家也不空手。一个月挣的工资除了寄给父母一半外，剩下的差不多都拿来喝酒了，人缘儿贼好。又有本事，又有人缘，所以老场长提名他当副场长时，大家一致通过。副场长说起来是个官儿，其实林业局苗圃总场是个股级单位，西苇苗圃场作为分场，场长才是副股级，副场长是没有级别的。

老场长打心里喜欢大学生，什么事都同他商量，工作放手让他去干，大学生也从来没让老场长失望过。平日，见他单身一人，总是叫他去家里吃饭。大学生不好意思，“有什么麻烦的，不就是多双筷子嘛！儿子都在外地工作，我正愁没人儿陪我喝酒呢。”场长老伴儿一见大学生就一脸慈祥地往屋里让，“孩子，快上炕!”老场长的女儿山杏马上满脸红霞，拉着大学生给她辅导大学函授课程。

山杏是西苇镇中学语文老师，正牌地区师范学校毕业生，比大学生小两岁。大学生没来之前，是西苇镇学历最高的知识分子。山杏毕业时是有机会留在城里的，但考虑到三个哥哥都在外地工作，老爸老妈身边没人，就主动申请回西苇工作。

人们常说“深山出美女”，此话不假。山杏身高一米六五左右，柳叶弯眉，樱桃小口，腰肢柔软，盈手可握，肤如凝脂，吹弹得破，一双大眼睛波光闪动。山杏性格能静能动，时尚与质朴杂糅，端庄秀丽与风情万种共冶一炉，是个玲珑体。很多人追她，她对谁也不拒绝，但都保持距离。让你浮想联翩，又让你心无杂念。大学生刚来时，也没引起山杏注意。首先一米七二的个儿就不打人儿，一年四季穿工作服，土里土气的。当时，山杏的老姨给她介绍了个对象，市水务局的，小伙子身高一米八二，浓眉大眼，忠厚老实。山杏说不出人家什么不是，但就是不来电。

大学生一来就闹挺大动静，自然就引起了山杏的注意，山杏就佩服有本事的人。通过接触，又改变了“理工男”呆板，没有生活情趣的印象。大学生平时话不多，但讲起劲儿来，也头头是道，语言机敏、幽默，再加上读书涉猎广泛，旁征博引，职工们非常服他。山杏感觉到自己的“真命天子”出现了。山杏以前住在学校，周末才回来。现在天天往家里跑，还经常买只烧鸡，或买瓶好酒回来，说是孝敬父母，但每次都少不了大学生。大学生喜从天降，原以为自己就是个找村姑的命，没想到，上苍给他送来了如花似玉的仙女来，大山里成就了一段美好姻缘，自是倍加珍惜，工作更加努力，也置办一些行头，把自己整的利利索索的。经过一段时间交往，双方满意，主要是山杏满意。择一吉日，洞房花烛。婚后一年，老场长退休，大学生接替任场长。在任场长期间，又成功将美国榛子树嫁接到本地山榛子上，大大地提高了产量，经济效益翻了几番。该项技术后来在全省推广。因工作成绩突出，被提拔到苗圃总场任场长。是局里最年轻的股级干部，并作为梯队干部培养。半年后，老局长退休，调整局领导班子，第一副局长接替老局长，在正股级干部里提一个副局长。当时已开始提倡干部知识化、年轻化，但组织部挑来选去，除了晓东外，选谁平均年龄都无法达到组织部规定的平均年龄，最后只好选晓东做了副局长。当时，改革开放不久，干部提拔依然“论资排辈”，干部年龄老化问题在县政府换届选举过程中，又遇到了林业局相同的问题。组织部翻遍所有部、委、办、局和乡、镇党政一把手花名册，也找不到一个能把平均年龄拉下来的人选。没办法，县委写了专题报告给地委（当时地委管市、县），要求放宽县政府领导班子年龄限定。地委意见很明确，这是中央精神，要坚决执行，正的没有，在副的里找。组织部比画来比画去，只有拿晓东充数，平均年龄才能达标。晓东要当副县长的消息一传出，一派哗然，在官场引起了一场大地震。“他乳臭未干，凭什么当县长?”“文凭不一定代表水平。”“他什么资历？老子干了一辈子，还没捞上一个正局（正科），他才工作几天，就副县了?”

共产党历来讲究执行力，不会因为某些人不高兴就改变组织决定，但为了平息大家情绪，地委组织部还是做了一些调整。减少一名副县长职数，增加一名县长助理。晓东任县政府党组成员，县长助理，享受正局（正科）待遇。大学生做了一年县长助理后，增选为副县长，无人聒噪。

晓东任副县长期间，曾接待省林业厅检查组。检查组成员中有一个叫张斌的主任科员，是晓东大学同班同学，校学生会主席，精明强干，毕业时分到了省林业厅。他看到接待他们的副县长也叫周晓东，心想和同学同名同姓，一定利用这个巧合，为老同学说说情，别老窝在山沟里。见了面，才知道此林晓东就是彼林晓东。祝贺当然少不了，但心里百味杂陈。后来，晓东到省林业厅挂职锻炼，又成了张斌的领导。晓东一来就和张斌说，我是来学习的，临时工，咱俩是老同学，你又是我老领导，你就叫我周晓东，可千万别喊官衔。但张斌不是喊周县长，就是叫周处长，从来没有叫周晓东。

晓东在省林业厅工作期间，为人低调、踏实，一心放在工作上，深得厅主要领导喜爱。一次，挂职锻炼人员座谈会后，厅长专门将晓东留下，“小周，想不想留在厅里呀?”“我、我、我听组织的。”晓东一点思想准备都没有。“这只是我个人的想法，还没有经过厅党组讨论，你知道就行了，不用外传。”能到省直机关工作，对个人的成长进步那是不言而喻的。晓东被巨大的幸福击蒙了，晚上死活拉着张斌出来喝酒。三杯酒下肚，就把好消息告诉了张斌。张斌心里咯噔一下，还真爬到我头上了?!心想，论能力，老子在学校就是学生会主席，你周晓东连个小组长都不是；论起点，我在省直机关，你在山沟里；论能力，我已在国内林业核心期刊发表文章好几篇，你也就会剪个枝，嫁接个“苹果梨”啥的，凭什么比我升得快?你人五人六了，我在厅里怎么混?你走到今天，还不是借了规则的光，走了狗屎运。晓东光顾乐了，没注意到张斌脸色铁青，草草喝了几杯，借口有事先走了，剩下晓东一个人在那憧憬未来。

张斌对晓东更加客气了，晓东觉得不对劲儿，但也说不出什么。“五一节”过后，处长、副处长陪厅领导到基层调研，处里的工作暂时由晓东负责。一天，张斌拿着一个请示件，问晓东如何处理。请示件是长白山林业局报送的，内容是属下的“赤峰林场”在报退耕还林面积时，虚报，多拿了十几万，并用这笔钱买辆“捷达”小轿车场领导用，被人举报。长白山林业局拟对李场长党内记大过处分，并在全局通报。由于李场长是省劳模，省林业战线的一面旗帜，为了慎重起见，专门征求省厅意见。晓东知道赤峰林场，一是它与内蒙古的一个城市同名，二是林场因满山红叶堪比北京香山红叶而得名。晓东觉得李场长五十八岁了，再过两年退休了，老人家一辈子当先进不容易，能否从轻发落。就让张斌了解一下，虚报骗钱买车，是李场长自己的主意，还是班子集体决定。第二天，县里有事，晓东请假回去三天。期间，办公室几次摧件，张斌都说在了解情况。长白山林业局迟迟不见回音，就直接打电话给厅领导。厅领导一查，件压在林业经济处，问经办人张斌为什么压件？答曰周晓东副处长说再了解一下情况。厅领导一听就火了，乱弹琴，下边早就了解清楚了。不用你们林经处提意见了，叫办公室直接提交厅长办公会讨论。晓东回来后，暗暗叫苦，本来业务处提完意见，办公室交到厅纪检组组长，处理程度最多维持原判。现在交厅长办公会，凶多吉少。处理意见下来，李场长免职，按普通员工待遇办理退休手续。晓东本来想帮一把李场长，反而把李场长给害了，自己也在厅领导那里失了分。但晓东并未从“赤峰事件”吸取教训，在一次同张斌喝酒时，又对厅长给老家拨款一千万专项经费发表感慨，还是当大领导好，说给一千万就给一千万。张斌马上叫停，“打住、打住，莫谈国事，喝酒，喝酒!”事也就过去了。但在不久召开的全厅工作人员参加的大会上，分管预算的副厅长专门讲了一千万的事。厅长老家是省政府向副省长对口扶贫单位，这一千万是从省长基金特批的专项经费，只不过从咱们这个口子转下去。大家不要猜疑，更不要议论。晓东听了一愣，心里似乎有些明白。

一年锻炼结束，厅长再也没有提留下来的事。给大学生的鉴定是：为人正直，业务能力强，工作踏实肯干，但政治上还不够成熟，还需继续磨炼。

但晓东回去后却当不上副县长了。原因是县里听说厅里要留他，就增选了一名副县长顶替了他。现在又回来了，县委和本人都很尴尬。没办法，只能安排到政协当副主席，好歹还是个实职。

在大衙门混了一圈，让晓东明白自己就是个雏。自己能走到今天位置，不是自己有什么过人之处，纯粹是阴差阳错，就像张斌说的，走了狗屎运。一个农村孩子，无权无钱，能当上一个副七品，又娶了个那么好的老婆，又有那么聪明的女儿，该知足了。所以，晓东对县委的安排没有一点怨言，愉快地走上了新的工作岗位。

周晓东的转机，出现在东营子发现石油之后。

东营子发现石油，可忙坏了东营子镇党委书记魏万山，不是请县委党群副书记吃饭，就是到县委书记家里串门，再不到市里剜门盗洞找关系。目的只有一个，作新设立的副县级“东营子经济开发区”党委书记、主任。但老魏钱没少花，劲儿没少使，但却未能如愿。本县的几个竞争者也是竹篮打水一场空。市委办公室的一个科长占了开发区党委书记兼主任的宝座。开发区在东营子地头，老魏心里有气，工作就处处使绊子。开发区书记叔叔是副市长，本人又在市领导身边工作多年，才不在乎你一个“山炮”（土包子）呢。吵得县长、县委书记天天不得安生。为这事，县委书记专门找了市委常委、组织部长，费了很大劲儿，同意把开发区党委书记调到外县任副县长，开发区党委书记兼主任由本县产生的方案。可到具体人选，县委书记头就大了，几个候选人谁上都摆不平。常委会上，有人提出，既然提谁都不合适，那就在现有的副县级干部里选一个。这个思路一出，县委书记马上想到周晓东。说周晓东当过副县长，管过工业，又那么年轻，不能老让他在政协享清福，非他莫属了。与会者一致通过。为了方便协调当地党委、政府，县委在给市委的请示中，提出周晓东县委常委兼任开发区党委书记、主任。市委批复同意。

周晓东走马上任后，第一件事就是上门拜访魏书记，并成立了开发区与镇委、镇政府联合工作委员会，让当地政府参与开发区工作，并在税收上倾斜；第二件事就是把开发区配给自己的奥迪新车借给镇委，也就是魏书记使用，自己仍使用在政协时的配车旧桑塔纳；第三件事就是重金从中国石油总公司请来专家任开发区常务副主任，主管生产和经营。开发区工作很快走上正轨，税收占了整个县的半壁江山。县委书记龙颜大悦，一方面为自己成了伯乐而高兴，一方面为本县成为全市经济龙头大县，为自己竞选下届副市长增加了砝码而感到高兴。

不久，县里换届，酝酿政协主席人选。副书记提半级，到市委党校任常务副校长。政法委书记异地交流。常委、组织部长是下来镀金的干部，常委、宣传部长退休。由于县委书记鼎力支持，再加上周晓东没有什么竞争对手，又有政协工作经历，周晓东没费什么周折成了政协主席候选人，并全票当选。

周晓东从省林业厅走后，厅长了解了“赤峰林场”、“一千万元经费”事件原委，知道委屈了周晓东。厅里说留又没留，害得副县长也当不成了，心中有些愧疚。后来又了解到，周晓东被安排到政协也毫无怨言，在当开发区主任后，又干得有声有色，心中就有些为当年没把周晓东留下后悔。所以省委安排他到常平市做市委书记后，他想选一个得力、可靠的办公室主任时，就想到了周晓东。觉得周晓东从农村出来的，又是从基层一步一步干上来的，有党委、政府、政协工作经历。当然，工作能力在省厅时就知道了。所以，天大的馅饼又砸在周晓东的头上。

3 螳　螂

文化局的副调研员王大强失踪了。家里、同学、亲戚、朋友找遍，也不见踪影。大家正忙得焦头烂额的时候，一个二十七、八岁的女人，领着一个三岁的男孩找上门来，说是王大强老婆。啊！王大强不是有一个糟糠吗？这怎么又冒出年轻的女人，还带着一个孩子！

这边刚把女人送走，那边纪委又找上门，说是接到举报，王大强在外边养“小三”，纪委请他喝咖啡（约谈）。纪委上门，大家也就明白了王大强为什么失踪。事情闹得沸沸扬扬，文化局成了全社会关注的焦点。

但是，不管是纪委、文化局，还是真老婆、假老婆，谁都找不到王大强，王大强仿佛人间蒸发了。

处在舆论漩涡中心的文化局倒还平静。大家对王大强并不十分了解，他刚从城管局交流到文化局不到三个月。大家都觉得王大强平时少言寡语，还真是蔫人豹子胆。大家关注的，尤其让几位老科长上心的是，王大强不管如何处理，副调研员肯定是当不成了，空出的位置谁顶上。

在公务员系列中，科长是领导，调研员、副调研员是非领导。但在现实生活中，人们习惯性地把副处级以上者当领导，科长只能算中层干部。别小看小小的副调研员，只比科长高半级，但很多事情就卡在这半级上。

出国只有副处级以上才有机会。副处级享受三级医疗保健。科长虽然工作在第一线，但不配车，也没有车补。副调研员要么配车，要么给车补。现在工作实行量化管理，副调研员工作相对比较超脱，没什么量化要求，不像科长有硬指标压着，累个贼死。就连外出深造，副调研员是到清华大学学习，而科长只能到浙江大学学习。那些手握实权的局长们那就更不得了。为什么那么多的人要进公务员队伍，为什么科长拼命要向上爬，真金白银在那摆着那！有的科长说，就是死，也要死在副处级的级别上。

科长们使出浑身解数，有的直接找领导，历数自己工作成绩；有的拿资历、学历说话；有的动用老乡关系，请区人大常委会副主任帮忙；有的用钱砸。八仙过海，各显神通。

几个科长争得昏天黑地，却花落邻家。群艺馆馆长马远作为副调研员唯一人选报组织部。局机关一片哗然，一天都没在文化局工作过，怎么就轮到他了呢？科长们找局长讨说法，局长含含糊糊地说，是上边的意思。上边，上边是谁？分管组织工作的党群副书记，还是区委书记，还是市委组织部？

众科长无奈。

时间倒回三个月前，省委宾馆1008室，滨海区区委副书记余正阳正同区委常委，组织部长研究如何落实省委组工会议精神。呤、呤、呤，房间的座机响起。你好！余副书记拿起电话。对方一报姓名，余副书记马上说，我这正开会，你晚一点再打来。组织部长机敏地站起来，书记，按照您说的几点意见，我们回去马上落实。出门回到自己房间。

来电话的人叫寒笑笑，英国曼彻斯特大学研究生毕业，回国后，在电视台做节目主持人，后嫁入豪门。一年后，丈夫出轨，离婚，创办“笑笑动漫创意有限公司”。

“笑笑公司”是第一家落户滨海区文化创意产业园的企业，又是海归，区里在办公场地，税收政策等方面都给予了最大的优惠。又按相关政策，在资金上给予扶持，公司很快走向正轨。余副书记作为区文化产业领导小组组长落实这些优惠政策都亲力亲为，落到实处。

笑笑电视台主持人出身，长相、身材自是出类拔萃。高学历、高智商、高情商，与人交往游刃有余，既让人心思思，又让你不敢轻举妄动，真正的智慧与美貌并重。

为了感谢余副书记对公司的支持，笑笑趁中秋节给余副书记封了三万元红包，被余副书记坚决地拒绝了。他掏心掏肺地说，我从大山走出来，衣食无忧，还有一个不大不小的官当，我很知足了。你千万不要陷我于不义，把大哥往火坑里推。笑笑见他说的诚恳，也就没再坚持。

余副书记虽然是山里娃，但长得一点也不黑。戴一副玳瑁眼镜，文文静静的，不像政府官员，像大学教授。余副书记官做得好，学问也做得好，已出了三本书。余副书记出书，可不是买书号，也不是公家出钱那种，是货真价实地由花城出版社、中国文艺出版社出版，摆在书城销售的畅销书。余副书记有个习惯，不管回家多晚，都要在书房看两小时书，或者写点东西再睡觉。

笑笑后来也请过余副书记喝过茶，到歌厅唱过歌。送过土特产，送过两瓶厚工坊，两盒不知真假的大红袍，张余副书记都笑纳了。笑笑带公司一帮靓女请张副书记唱歌。张余副书记小时候喊山喊出一副好嗓子，专唱《我和你》、《向天再借五百年》类的歌曲。余副书记舞也跳得棒，玩国标绝对专业范。笑笑等一干靓女被震住了。笑笑看到了余副书记感性、多彩、时尚的另一个侧面，也触动了心底最柔软之处。笑笑经常寻找各种理由同余哥见面。余副书记对小女子心思心知肚明，但一切发乎情，止乎礼，既不装假道学，也不当风流才子。一切都在掌控中。

笑笑的出现，让于副书记繁复的机关生活变得山清水秀，活色生香。中国名牌大学的研究生与英国百年大学研究生的思想碰撞，给余副书记创作带来灵感和激情。对人生的感悟也上升到一个更高的层次。虽然没有正式约定，但是每周与笑笑对话一次也成了余副书记的必修课。

两人成了朋友，笑笑公开场合叫余书记，私底下叫余哥。余哥也很受用。

呤、呤、呤，余哥还在回想，电话铃声又一次响起。余哥刚拿起电话，对方声音马上传过来，余哥，方才房间是不是有人？这女子太贼精了。余哥没有回答对方的问话，问，你怎么知道我在省城？我的房间号码是谁告诉你的？余哥，不要紧张，我就住在那对面的黑天鹅宾馆，也是1008号房间。过来喝杯咖啡，我告诉你答案。这，余哥有些迟疑。过来嘛，我等你！

余哥也暗自好笑，又不是第一次单独面对笑笑，怕什么？但心里隐隐约约觉得在宾馆这种让人充满遐想的地方见面，似乎有些不妥。是死，还是活着，这是哈姆雷特的难题。去，还是不去，也让一向拿得起，放得下的余哥很纠结。余哥死死地盯着电话，如果笑笑再来电话，毫不含糊地告诉她，不去！但对方仿佛吃定他了，再没声息。

余哥步出省委宾馆，来到马路边，一招手，一辆的士停在面前。去黑天鹅宾馆！司机奇怪地看着余哥，黑天鹅宾馆就在对面，走过天桥就是，坐车可要绕好大一个圈。看余哥也不像精神有问题的人，那就是钱多烧的。去就去呗，反正你出钱。其实司机不知道，余哥怕遇见熟人，需要的就是兜一个圈子。

余哥来到笑笑房间，看到笑笑穿一身休闲装，心里松了一口气。如果笑笑穿着很暴露的睡衣，自己就坐也不是，走也不是了。

茶几上没见咖啡，摆的是半瓶拉菲副牌红酒和两个高脚杯。另一半红酒在酒器里醒着。房间大灯关着，开的是壁灯，光线柔和、温馨。

两人把酒畅谈，一瓶就很快见底。笑笑开第二瓶时，余哥说不喝了，不喝了，但笑笑与他一碰杯，余哥还是一口干了。余哥说我得走了，但并没有抬屁股，理智上提醒自己得走了，但就是迈不动步。像歌中唱到的“其实不想走，其实我想留”。笑笑一敬酒，他还接着喝。余哥喝酒从来没过量过，就是今天省里宴请与会人员，余哥八两的量，也只喝了三两。现在与红酒一掺和，确实有些高了。人也不再紧绷着了，欲望这个小魔兽趁机跑了出来。

夜色阑珊，笑笑媚眼如丝，醉卧在沙发上。笑笑，起来，到床上去睡！余哥试图把笑笑扶起，但自己也醉得手脚发软，一起跌倒在沙发上。暖玉在怀，必然英雄本色。如果这时还能起身走人，那他不是圣人，就是变态。余哥既不是圣人，也不是变态，是一个四十多岁虎狼之年的男人，箭在弦不得不发。两个人从沙发上，撕扯到床上，再赤赤条条滚落到地毯上，一场惊心动魄的搏杀下来，两个人像干涸的河床上两条相濡以沫的鱼，张着嘴，喘着粗气。

两个人洗完澡，重整衣衫，坐下来喝茶醒酒。余哥看着笑笑说，笑笑，我们在这里不会是偶遇吧？一定有重要的事找我。说说看，只要不违背原则，我会尽力帮忙的。

文化局的王大强不是失踪了吗？

这和你有一毛钱关系吗？

他走了，不是空出一个副调研员的位置吗？

那和你更没有关系了。

不是我，是你们群艺馆的马远，马馆长想进机关，觉得这是个机会。

余哥这个窝火呀，有一种被人愚弄的感觉。为了马远，笑笑大老远跑到省城，又搭时间，又搭银子，甚至身子，可见笑笑与这个马远关系非同一般。余哥压着火问，他和你什么关系？

哟，还吃醋啦？笑笑轻轻地拍了一下余哥，我哥，亲哥！

亲哥？你性寒，他性马，不是蒙我吧？

我哥随我爸性，我随我妈性。

真的假的？

我能拿我父母开玩笑吗？

是你哥让你来的？

我哥是那种拿自己妹妹换乌纱帽的人吗？你知道吗？我出国留学的钱，大部分是我哥哥给的，为这事，我嫂子没少和我哥吵架。我哥哥馆长当了十多年了，如果在退休前能提半级，公务员退休，也就心满意足了。我是看哥哥找不到门路，发愁，才出此下策，但也有可能是上策。你千万不要为难，也不要为今天的行为有压力，我这不是交易，你是知道的，我对你倾心已久，只是你一直不给我机会。能和余哥有一次身心交融，也不枉我对你一往情深一回。

余哥僵硬的脸色柔和下来，声音也变得亲切了，那我就试试。

余哥知道，这事虽然有点麻烦，但并不违法原则。组织部的副调研员老罗就是从区老干中心主任的位置上提上来的。群艺馆和老干中心都是科级事业单位，一把手都是正科级。

笑笑没往下说，她知道余哥这个人轻易不应人，他这么说就等于答应了。

笑笑，你还没告诉我，你是怎么对我行踪了如指掌的？

咳，其实很简单，陪你们一起来开会的工作人员，组织部干部科的苗晓丽是我高中同学。

好哇，你卧底都卧到组织部去了。

余哥从省城返回后，就马远的事与区委书记沟通，区委书记未置可否，只是问了一句，那还兼馆长吗？兼。余哥不假思索地回答。

处级以下干部的任免权在区里，但事业单位干部转公务员需要市委组织部批准。提马远任文化局副调研员的请示报到市委组织部三个多月都没消息。

余哥又同区委书记商量，马远是老资格馆长了，能不能给个副处级待遇。区委书记不同意，说群艺馆与文化馆、博物馆等都是平级单位，不好厚此薄彼。

时间过去半年，马远的事还悬着。副调研员的位置也一直空着。众科长也很有意见，这领导也不知是咋想的，该提的不提，不符合条件的硬要提！上级不批，还占着茅房不拉屎！

余哥也很恼火，同样的事，组织部办得顺风顺水，自己一个堂堂分管组织工作的副书记，第一次办放不上台面的事，竟然处处碰壁。事没办成，还惹得一身骚，坏了自己一世清名。

笑笑约余哥到紫竹苑茶馆喝茶。余哥来到茶馆兀自愤愤不平。笑笑支走服务员，亲自给余哥泡菜。一道繁复的茶道下来，茶汤如金，茶香满室。喝一口，齿颊留津。余哥情绪也舒缓下来。

余哥，你知不知道我哥的事市委组织部为啥不批？老大（区委书记）为啥不同意？

嗯，余哥没接话茬，等待下文。

因为都没说腾出馆长的位置。

你是说有人瞄上了这个位置？

笑笑没有回答，继续按照自己的话路走。群艺馆张副馆长的哥哥是谁你肯定知道。

知道，市委办公厅张副主任。

那张副主任和市委组织部李部长是大学同班同学这事你可能就不知道了。

还真不知道。

如果他当了馆长，谁来当副馆长？

别卖关子了！

是老大老领导的孩子，北京舞蹈学院毕业的。老大是挖煤出身的，靠老领导的一路提携，才走到今天。老大刚到特区时，吃、住都在老领导家。老领导退休了，女儿大学毕业后，一直没有一个稳定的工作，在一个企业打工，一个月三、四千块钱。现在老领导求到门下，老大能不办吗？

余哥犹如醍醐灌顶，暗骂自己蠢，这么多年的组织工作算是白做了。看来人办事不能有私心，一有私心就会犯低级错误。

笑笑，你都成精了，我这个副书记你来做得了。你这些内幕是从哪得到的？苗晓丽有这么大的神通？

保密！

余哥指示区委组织部重新起草请示报市委组织部，明确提出马远拟任文化局副调研员，不再兼任群艺馆馆长，馆长由内部竞争上岗。请示在送市委组织部前，余哥专门拿给区委书记审定，区委书记爽快地同意了。

市委组织部同意的批复很快就下来了。马远升任文化局副调研员；副馆长竞聘成功，如愿当上馆长；老领导的女儿直接从企业调入群艺馆，并很快当上副馆长。三个人均试用一年。

4 组织部新来的年轻司机

题记：草木生长，根植大地，才能充满生机。文学作品只有源于真实的生活，才能具有生命力和张力。才能灼灼其华、灿灿其芒。以文为鉴，观照自己，人们或多或少都能找到自己的影子。拙作如果能让诸君在其中窥见自己一、二，它无疑是成功的。如此，吾辈幸矣！欢迎对号入座，期待匕首和投枪！两岸猿声啼不住，轻舟已过万重山。

阳春三月，草长莺飞，柳绿花红，处处洋溢着生长的喜悦。明媚的阳光洒满新任文体局局长武士雄宽大的办公室。沐浴在春光里年轻的武局长举手投足间，给人以干练、自信，充满活力的感觉。

梆、梆，有人敲武局长的门。

“请进！”

门开，一个花白的脑袋伸进来。来者是最近干部交流岗位刚到体育科任科长的张大天。张大天一米八十多的个子，驼背，因此，进门总是脑袋先伸进来。

“武局长，你找我？”武局长正在接电话，用手指了指沙发，示意张大天坐下。

武局长接完电话，走过来，“领导，最近还好吧？”

张大天听局长喊他领导，好像火烧屁股一般，腾地蹦起来，“不带这样的，局长，你这么叫我，是不想让我在文体局混了。”

“什么情况?”武局长被张大天的举动吓了一跳。“老张，你坐下，来、来、来，抽烟!”一根芙蓉王递过去。老张接烟先给局长点上，自己再燃着，深深地吸了一口，鼻孔冒出两股清烟。

武局长喊张大天领导绝非调侃，而是一句口头禅，是一种谦虚、礼贤下士的表现。在张大天这里还有另外一层意义，张大天还真当过武局长的领导。武局长从中山大学研究生毕业到宣传部工作时，张大天已从市委宣传部调来当科长半年多了。在机关，见人喊领导没错。这个人今天不是领导，说不定明天就是领导了。领导的司机，今天是开车的，说不定哪天就成领导了。在机关做领导已成为衡量一个人能力的唯一标准。当地位、配车、签单、出国等各种待遇和后边看不见的好处成为领导的专利时，谁不想成为领导？谁被喊领导能不高兴?!但头顶上司喊自己领导确实别扭，难怪张大天那么大的反应。

但是，当领导是要被人嫉妒的。有人编排机关干部，科长升处长叫“升处”（生畜），处长升局长叫“处升”（畜生）。机关就是由一群“生畜”、“畜生”，或者想当“生畜”、“畜生”的人组成的。啧、啧，这是什么江湖?!

“领导，不、不、不，老张，咱们局里申报国家级‘非遗’项目，国家级音乐基地和创建“全国文化先进单位”的材料是不是都出自老兄之手?”

“是，领导有什么吩咐?”

“不是吩咐，是请求，这次创建全国体育先进区，还得老兄出马。”

“没问题，反正咱是干活的命。”

“老张，叫我说你什么好呢？活没少干，嘴巴一痛快，得，白干了。机关是你率性而为的地方吗?”

武局长真是有些恨铁不成钢。起身走到办公桌前，一毛腰从桌子底下拿出两瓶酒来，“这里有两瓶好酒，先犒劳犒劳你。”

“不、不、不，我戒酒了。”

“你跟我少扯，你要戒酒，我就戒饭。你再客气，我可不送了，这可是五粮液原酒，78 度的，你肯定没喝过。”

78 度的五粮液原酒，还真没喝过。“那怎么好意思。”张大天嘴里拒绝，手已伸了过去。张大天找张报纸包好，抱在怀里。“大姑娘美来，大姑娘浪，大姑娘走进了青纱帐”，张大天哼着小曲，顶着花白的脑袋走了。

张大天抱着两瓶酒，边走边想，这也太戏剧性了，小武转了一圈，成了宣传部常务副部长、文体局局长了。张大天不由得想起了七年前的情景。

在机关餐厅用完早餐，张大天照例走楼梯“遛食”。走到五楼，后边传来“领导，早上好”的问候，回头一看，是区老干中心的武士雄。

“来组织部办事?”

“不，来帮忙?”

“写材料?”

“不，给部长开车。”

“当司机?”

“是”，武士雄一挺胸脯骄傲地回答，右转去了组织部。研究生当司机?! 张大天自言自语地说。摇摇头，左转去了宣传部。

组织部司机小郑的孩子最近查出一种病，叫“血凝因子稀少”，也是白血病的一种，浑身上下，出现一个小伤口，就流血不止，表面血止住了，就在皮下流，非常危险。孩子怕磕碰，一天到晚窝在床上，沙发上，在学校同学们也不敢跟他玩，怕惹祸。

小郑家三代单传，就这么一个儿子，掌上明珠。为了给孩子治病，跑遍了深圳、广州的大医院。结论是一致的，目前的医学水平无法医治，孩子也很难活过 20 岁。小郑一家要疯了。小郑不愿放弃，向部里请了 3 个月的假，准备到北京、上海的大医院再碰碰运气。

部里的司机请假了，找谁来开车? 车管中心司机一个萝卜一个坑。3 个月短期，又不能招聘一个。因此，车管中心建议组织部办公室借下属单位司机。组织部看着名头大，主管全区的组织、人事工作，掌握全区干部的生杀大权，但真正的下属单位只有一个老干部活动中心。虽然组织部借个司机是小菜一碟，有的单位巴不得有个孝敬的机会，但组织部廉洁自律，从不滥用职权。有困难内部解决。老干部活动中心主任二话不说，马上把单位司机派给领导，单位有事自己当司机。这时武世雄主动找到中心主任，说愿意给部长当 3 个月司机。有人分忧，主任自然高兴。就这么着，武世雄成了部长的专职司机。

小武是从区委宣传部调到区老干中心的。小武刚分配到宣传部时，干的还是蛮起劲的。但一个顺口溜触动了他。“跟着组织部年年有进步，跟着统战部年年有照顾，跟着宣传部年年犯错误”。小武经过一番摸底了解，发现顺口溜说的还是有一定道理的。现在政治空气宽松。言论自由，揪辫子、打棍子没市场，宣传部倒没什么人犯言论错误，受批判。但七八年间，宣传部竟然没有一个科长提拔到领导岗位。每任部长都为此头疼。常委会上呼吁，区委书记来调研，向区委书记反映，区长来调研，向区长反映。但成效不大，积重难返。

统战部虽然没有什么特殊照顾，但该提的干部也都提了。

组织部却是另一番景象。科长已提两三茬了。现在已很难再找到三年正科以上的干部了，就连事业单位老干部活动中心主任（正科级）也提拔到部里做副调研员。

说来也奇怪，区里提拔干部，只要不是有背景的人的位置或者已有培养对象的位置，不管是选调还是竞争上岗，大都被组织部、区委（府）办公室等部门斩获。也不知道是这些部门领导在当初选人的时候，就“慧眼识英才”，还是这些部门特别适合干部成长为领导。难道真是“橘生淮南则为橘，生淮北则为枳”？

小武经过一番对比，觉得此地不宜久留，宣传部那么一大帮老科长，后面还跟着一堆主任科员，该多大的雨点才能落到我这个小职员头上？萌生退意。

不久，区老干部活动中心出现空缺，武士雄要求调往区老干部活动中心。部领导劝小武三思，机关职员编制很容易转为公务员编制的，并答应尽快报组织部。但小武去意已决，最后还是走了。挥一挥手，不带走一片云彩。

高素质的人只要有心，干什么都不含糊。小武给部长开车，恪尽职守，开车水平也不亚于专业司机。闲暇之余，帮助办公室写写材料，买买东西，里里外外忙活。

两个月后，组织部发文一对一招考一批公务员。招考对象就是各单位人手不够，借调下属单位在机关帮忙工作超过一年以上的事业编制人员。文件专门注明一条，研究生以上学历人员不受时间限制。

一对一招考，只要考60分就功德圆满，自然难不住研究生毕业的小武。只是考试过后，有心人发现，所有报考人当中，只要小武一个研究生。

小武到组织部工作后，更加低调做人。不久，被提拔为副主任科员，然后主任科员、科长，区纪委常委、纪检一室主任。六年间，已成为副七品了。

张大天是吉林省老虎沟人。老虎沟山高林密，大雪封山，一年起码有三个月与外界隔绝。张大天每天上学、下学都要走十几里山路。天不亮出发，掌灯回家。直到考上县一中住校，才不再遭这个罪。张大天祖上狩猎为生。老虎沟早年出土匪；小鬼子来了，出抗联；解放战争出将军，就是没出过文曲星。所以，当年老张以全县文科状元身份考上吉林省最高学府吉林大学时，老虎沟沸腾了。大学生是啥玩意，是不是跟举人差不多？那老张家的大小子就是全县的状元了?！啧、啧，了不得！老张到现在还是老虎沟那帮黝黑孩子生命的灯塔。

老张毕业后本可以留在省城，但硬让县委书记要回来当秘书。老张跟着县委书记也风光了一阵，俨然以接班人自居。后来县委书记被双规了，他也被打发到地方志办公室当个办事员。老张不甘心在小县城埋没一生，发奋考研，考上了武汉大学研究生院，毕业后分配到特区市委宣传部。市委宣传部主任科员干得好好的，马上要提副处长了，东区成立，他认为新单位机遇多，就又折腾到区委宣传部。

老张刚到东区工作时，全区还没有几个全日制研究生。老张有文凭，有水平，有基层工作经验，干活又卖力气，按理说，早该提拔了。不过，大凡有点本事的人，都性子硬，不会说软话，以为靠本事吃饭。

自己是千里马，领导自然是伯乐。但是，当领导的都喜欢被捧着，好话谁不爱听？领导不喜欢恃才傲物的人，男领导尤其不喜欢比自己高大的男下属，你站在他面前，他有压迫感。水灵灵的小姑娘往眼前一站，啥也不干，看着就舒服。人才不能不用，全是溜须拍马之流，活谁干那！但不能重用。要用也用奴才，尤其会送钱的奴才。俗话说，能者多劳，但现在这种用人思路，多劳者未必能多得。时间长了，必有怨气，一发牢骚，得，活白干了，甚至还不如不干。做爱与做官最大的区别是，做官要委屈自己，多年媳妇才能熬成婆。做爱要宣泄自己，该叫就叫，只要不影响别人就好。这都拎不清，还敢在官场上混？但老张就是死不改悔。

全局都叫局长老板，唯老张不叫。不叫也就罢了，在一次党内民主生活会上，还严肃地指出，文件已明文规定，党内不许称领导为老板。这一下，把局长和同事都得罪了。

老张篮球打得好，是宣传部的绝对主力。机关篮球赛，与城管局争冠军，上半场领先。下半场，主管全区文体工作的副区长兴致勃勃地代表文体局出赛。由于防守能力较弱，对手就从他那里突破，比分很快反超。老张赶紧叫停，小声跟教练说把副区长换下去。不承想，叫副区长听到了，比赛重新开始，副区长死活都不上场。搞得局长也不好交差，事后多次向副区长道歉。

老张这个人也倒霉。按说一个小科长离区委书记隔着八丈远，但老张就有近距离接触的机会。一次陪区委书记视察音乐基地，下车后，书记询问音乐基地情况，局长叫老张汇报。老张很没规矩，没按官场的潜规则，压半个身位，表明谁是老板，谁是随从，而是和书记并排边走边说。结果，出来迎接的音乐基地副总裁是新来的，不认识书记，再加上书记是建筑工出身，人长得很朴实，就错把老张当成书记，抢上一步，紧紧地握着老张的手，对书记百忙之中到基地视察表示感谢。大家弄得都很尴尬。书记整个视察期间，都没一个笑脸，也没同音乐基地的同志共进晚餐，带着秘书、司机扬长而去。

宣传部看老张科长当了这么多年了，安排不了实职，就想给个安慰奖，拟提任副调研员，文件报到组织部，组织部部长办公会也通过了。但到了书记办公会，马上被书记否了，说这个人工作不行。分管组织工作的副书记原来是市委宣传部副部长，同老张一起工作过，了解老张这个人，会前也看过组织部的考察报告。老张近三年，连续被评为市文体系统先进工作者，年终考核一年称职，两年优秀，并被区直属机关党工委评为本年度的“优秀共产党员”。说这样的人工作差，不说是颠倒黑白，也是强词夺理。但自己与老张非亲非故，老张也没求过自己，自己刚来，犯不上与一把手冲突，就没表态。组织部看到这种情况，只能把老张提拔的事暂时搁置。

其实，老张也不是一点机会没有。区委书记提拔干部，一是打人情牌，亲戚、老乡、同学、老领导子女、老下级，那都要照顾；二是看钱，书记不缺老张那点小钱，关键看你的态度。老张学历、能力、资历都在那摆着，你出点钱，书记高抬贵手，你也就上去了。书记可不想落一个嫉贤妒能，压制人才的罪名。但老张死倔，就不低这个头。老张儿子在国外留学，花光了家里所有的积蓄。老张说，钱都孝敬儿子了，哪还有钱孝敬孙子?！听听，气人不?

春去秋来，又到了换届时候。区委书记提拔到市政协当副主席，成了市领导。换届前，出台了新政策，正处实职五年以上，虚职八年以上的领导同志，主动提出退养，可以享受副局级待遇。正科五年以上，工龄三十年以上者，可以提前退休，给副处级待遇。退养与退休虽一字之差，但天壤之别。退休者，普通老百姓一个，领退休工资。退养者人走官位在，享受着不在其位，仍谋其利的种种权力的好处。权力是权力者的通行证，高尚是高尚者的墓志铭。

一干领导审时度势，纷纷“拉高出货”，提半级享受副局级待遇，过神仙日子去了。一下子空出了五个单位一把手的位置来，其中包括文体局长的职位。全区公开招聘，武士雄以笔试、面试、民主测评综合得分第一名的成绩，荣登文体局长宝座，同时任区委宣传部常务副部长。

区委书记走了，老张头上的乌云散了。但人已经年近五十岁了。现在提拔干部都要竞争上岗，年龄就卡在四十五岁，老张现在连报名的机会都没了。人们常说，权力是男人最好的“春药”，一直吃不上药的老张，头发花白了，腰也弯了，一不小心，已经德高望重了。

5 儿 孙

周末，深圳著名食街之一——乐园路海鲜大排档，夜幕降临，霓虹闪烁，人声鼎沸，客似云来，到处都是胡吃海喝的人。我和丁志诚等几个哥们也是其中的一伙。酒席已经接近尾声，丁志诚已喝趴下了。坐在我对面的张强红涨脸说：“大王，今天你买单，”我说：“行，”张强问：“知道为什么吗?”“知道，东北人呗!”“哈哈哈……”桌子上的哥几个都笑起来。只有小武不知道所以然，一个劲儿地问为什么。

我给他讲了发生在乐园路海鲜大排档一个真实的故事。有一个东北人叫侯有德，此人不但姓侯，长得也廋廋的，三分猴象，再加上一遇急事，就抓耳挠腮的，所以大家都叫他“猴子”，时间长了，真名倒没人记得了。“猴子”是东北帮白老大的小弟，一直跟老大混。乐园路海鲜大排档是白老大最喜欢来的地方，每次吃完饭，都是老大买单。一次，“猴子”买彩票中奖，得了三万元。心中高兴，请老大吃饭，并事先声明，今晚一定他买单，老大高兴地答应了。白酒、红酒、啤酒一顿猛灌，大家都喝高了。买单的时候，老大习惯性地掏钱，“猴子”拦住：“大哥，说好的，我买单。”“买什么单，别有几个臭钱就得瑟!”“大哥，你不让我买单，就是瞧不起我。”“我就瞧不起你，小样，敢和我争？滚蛋!”“我操你妈!”“猴子”借着酒劲，火“腾”一声就上来了，眼珠子血红，操起旁边的水果刀，一刀就扎在老大的肚子上。大家伙愣住了，赶紧上前，有的拉住“猴子”，有的用餐巾摁住老大的伤口往医院送，现场一片混乱。老板看争买单差点闹出人命来，再也不敢提买单这个碴。不过，第二天，老大还是派人把钱送来了。东北人办事，讲究！这件事上了《深圳晚报》。以后，大家伙再出去吃饭买单时，就拿东北人打趣：“都别和东北人争，不然，他拿刀捅你。”“哈哈哈……”

忽然，喧闹的食街一下子安静下来。食客都伸长脖子向东望去。一个超模身材，天使面孔，美的令人窒息的绝色女子，婀娜地摇曳过来。有的男人都看傻了，涎水流了半尺长。女子一路走来，身上挂满了眼珠子。姑娘过来，一屁股坐在老丁的旁边，稀里哗啦，眼珠子掉了一地。姑娘推了推丁志诚，丁志诚没反应，姑娘转过头来逼视我：“王叔，是不是你把老丁灌趴下的？”我顾不得分辩，而是惊奇于她认识我。在我印象中，这个姑娘我没见过，不然的话，这么“飒”的女子，肯定过目不忘。听喊叔叔，也不敢造次，小心翼翼地问：“姑娘，你认识我？”“你不是王玉祥叔叔吗？东北人。”得，全须全尾端出来。姑娘看我冥思苦想的样子，非常得意，抓过白酒瓶，两个四两啤酒杯斟满，其中一个哐的一声放在我的面前：“王叔，敬你！”一口干掉，还亮了亮杯底。我暗暗叫苦，但被逼到悬崖边上了，不跳也得跳。我一咬牙，也干了，但后边的事，包括怎么回家的，就什么都不知道了。这哪是压倒骆驼的最后一棵稻草，简直是半车砖头。

过了二天，我碰到丁志诚，问那个女孩是谁，丁志诚说：“妮妮呀！”“什么？是你女儿妮妮？”“是呀，她小时候你见过呀！”老丁一副骄傲的神情。提起妮妮，我一下子想起当时在红岭小学五年级读书，两次被同学推荐当班长，因没有深圳户口，两次都没当成，因而吵着要回贵阳的那个廋廋的黄毛丫头。都说女大十八变，可这变化也忒大了。

丁志诚是1992年作为人才引进的。老丁当时来深圳，两个原因，一是想到特区闯一闯，二是老婆闹离婚，想两个人分开一段，冷静冷静。丁志诚的爱人刘小琳是贵州师范大学附属学校校长。省教育厅觉得培养一个重点中学校长不容易，尤其是女校长，因此，卡着不放。刘小琳本来就和丁志诚闹离婚，顺水推舟留在了贵阳。

刘小琳是个工作狂，要不，也不会十年间干到贵州师范大学附属学校校长的位置。整天忙乎别人家的孩子，对妮妮的教育根本顾不上。从幼儿园到小学，接送上下学，开家长会，督促孩子做作业，都是丁志诚的活。妮妮自小和爸爸亲，因此，老丁调到深圳工作，妮妮死活吵闹着跟到了深圳。妮妮人是来了，但按当时的户籍政策，孩子的户口随妈妈，户口留在了贵阳。这才发生了妮妮吵着回贵阳的一幕。后来，还是我通过市公安局户政处的朋友，利用引进人才政策，才把妮妮的户口随迁到深圳。

丁志诚和刘小琳两个人算得上青梅竹马，志同道合，整到要离婚的地步，全是酒闹的。

1978 年丁志诚部队转业后，向单位请了三个月的假，参加高考补习班学习，金榜题名，考上了武汉大学。

9 月 7 日，风和日丽，贵阳火车站人潮涌涌。丁志诚在火车站工作的战友从职工通道直接把他送到乘坐的贵阳——武汉火车第 9 车厢，丁志诚今天去武汉大学报到。车厢内，丁志诚已放好行李，随手翻阅着一本杂志。这时，对面来了个女孩儿，吃力地往行李架上放行李。丁志诚站起来，帮助女孩儿放好，女孩儿表示感谢。忽然，女孩儿一把抓住丁志诚胳膊，兴奋地叫起来："志诚哥哥，你是志诚哥哥？"丁志诚狐疑地问："你是……""我是小琳，刘小琳。""小琳，你是刘大林的妹妹？长成大姑娘了。你这是去哪？"刘大林是丁志诚的发小和战友，都住在省银行家属大院。小时候，小琳是他们的"小尾巴"，走到哪跟到哪。后来，丁志诚当兵去了，刘小琳也上中学住校，回家探亲时也没碰上。丁志诚转业分配到省广播电视厅，给厅长开车。住单位宿舍，搬出了省银行家属大院。这一晃有三四年没见刘小琳琳，没想到已出落成大姑娘，还是个靓女。

"我考上了华中师范学院，今天去报到。志诚哥哥，你去哪里？""咱们同路，我去武汉大学上学。""太好了，我第一次一个人出远门，正犯愁呢，这下可好了！"刘小琳有些手舞足蹈了。看刘小琳兴高采烈的样子，丁志诚也很高兴，这也算他乡遇故知了。

"志诚哥哥，我可好几年没见着你了。听我哥说你给厅长开车，那多牛啊！你怎么又想起上大学啦？"刘小琳和别人换了座位，坐在丁志诚的对面。当年知识分子是臭老九，而司机和售货员一样，是一个令人羡慕的职业，更何况丁志诚还是一个高级司机。“生活的理想是为了理想的生活。”丁志诚用一句格言回答了刘小琳。深刻！刘小琳竖起了大拇指。在说说笑笑中，武汉车站到了。

丁志诚，党员，在部队当过代理排长，又在省直机关工作过，因此，入学后，被同学选为班级团支部书记，校学生会社会活动部部长。

丁志诚，当过兵，人长得精神。那时，人们都有英雄情结，女孩子找对象，当兵的是首选。当过兵的大学生，那更是万千宠爱集一身。会开车，有技术。父亲是省银行行长，妈妈是中学校长。本人是学生干部，做人出手大方（带工资上学，在同学中是个款爷），按今天的说法，绝对的高富帅。因此，成了众女生进攻的对象。

刘小琳虽然和丁志诚不在一个学校，但一有空就往武汉大学跑。开始，是到志诚哥哥这蹭吃蹭喝。后来发现自己一天不见志诚哥哥，心里就空落落的，刘小琳知道自己爱上志诚哥哥了。她问过刘大林，知道丁志诚没有女朋友。她又发现，志诚哥哥已经被武汉大学的妖精们盯上了，赶紧先下手为强，挎着志诚哥哥胳膊在校园招摇。

天上掉下个琳妹妹，丁志诚自然喜欢的不得了，但怕琳妹妹的热情只是兄妹感情，不敢造次。现在，妾有情，郎当然有意了。两个人在大学一年级就确定了恋爱关系。金童玉女，两家家长也很满意。门当户对，知根知底，孩子都是看着长大的。毕业后，刘小琳分配到贵州师范大学附属中学，丁志诚被原单位——省广播电视厅要去了。

一年后，两个人结婚。一年后，有了妮妮，小日子过得和和美美。

20 世纪 80 年代初，刚刚经过十年动乱，人才青黄不接，大学生供不应求。像丁志诚这样名牌大学毕业，党员，当过校学生会干部的大学生，更是被当作宝贝。丁志诚被分配到省广播电视厅团委工作。两年后，任团委副书记（正科级），三年后，升任团委书记（副处级）。团委书记当了两年，调任厅办公室副主任。办公室副主任做了一年，又被提拔到厅直属正处级事业单位——东方音像出版社任法人、总经理。丁志诚事业做得顺风顺水，一路凯歌。照这样发展下去，完全有可能弄个厅长、部长干干。

谁知道，这小子放着阳光大道不走，却跑到深圳这个让人又爱又恨的地方来了。

丁志诚喝大酒是从做办公室副主任开始的。以前在团委工作，基本上是领着青年人唱唱跳跳、说说笑笑、打打闹闹、搂搂抱抱。办公室管接待的副主任，这家伙，面对的是全省、全国广播电视系统的兄弟单位的迎来送往，哪能不喝？贵州是个穷地方，但出好酒（主要是白酒）。别说茅台酒，就是习酒、甄酒、赖茅酒……哪一个拿出来不是响当当的?！朋友来了，不喝趴下都显得不热情。什么“感情深，一口闷；感情浅，舔一舔；不深不浅赏个脸。感情铁，喝吐血，宁肯伤身体绝不伤感情。”喝酒要喝出五个阶段来：第一阶段，好言好语；第二阶段，花言巧语；第三阶段，豪言壮语；第四阶段，胡言乱语；第五阶段，不言不语。喝酒要整出动静来，吱儿的一声，叫“鸟叫声”；然后，杯口亮给对方，表示自己干了，也催促对方干杯，叫“探照灯”；最后杯口向下，表示一滴没剩，叫“倒挂钟”。其实，这些酒语录，同老祖宗的“醉中乾坤大，壶中日月长”，李白的“五花马，千金裘，呼儿将出换美酒，与尔同销万古愁。”等等相比，那都是小儿科。

丁志诚到东方音像出版社当总经理后，更是天天围着酒桌转。这帮生意人也是，谈生意不好好在办公室谈，非得到酒店、夜总会谈。丁志诚只能随波逐流，混迹其中。

天天能在高档酒店请人吃饭，或被请吃饭，那是一个男人成功的标志。刚开始时，刘小琳对丁志诚喝酒，还是挺理解他人在江湖，身不由己的苦衷。丁志诚喝多了，还端茶倒水，敷热毛巾。喝吐了，清洗、擦扫，跑前跑后伺候着。但时间长了，就有些受不了。刘小琳最烦丁志诚喝多了，摇摇晃晃进来，衣服也不脱，澡也不洗，往床上一躺，呼呼大睡。酒气熏天，酒臭满屋。搞得刘小琳大冬天也把窗子全打开。再有就是打呼噜。丁志诚不喝酒时偶尔也打呼噜，但推一下，翻个身，就不打了。但喝酒喝多了，就是趴着，也鼾声如雷，吵得刘小琳无法入睡。

有一次，丁志诚喝多了，又是澡也不洗，就想上床睡觉。刘小琳逼着他去冲凉，他赖在床上不动。刘小琳推他，劲儿用大了，丁志诚一下子从床上掉到地上。丁志诚困得眼睛都睁不开了，忽悠一下子给整到地上，心中恼怒，爬起来，回手一巴掌打在刘小琳身上，又狂吼了几句，趴在床上呼呼睡去。

刘小琳伤心、憋气、痛苦、无奈，五味杂陈，默默流泪到天明。丁志诚早晨醒来，看到刘小琳红肿的眼睛，心中愧疚："对不起，又喝多了，嘿、嘿、嘿……"看到刘小琳依然一副不依不饶的表情，丁志诚也很懊恼："不就是喝点酒吗？""喝点酒？那你打人骂人的事咋不说呢？"刘小琳爆发了。"我什么时候打人、骂人啦？"刘小琳看到丁志诚满脸无辜的样子，一下子气结："你！"拿起自己的包，摔门而去。丁志诚摸不着头脑，我什么时候打人、骂人啦？丁志诚昨天的事都不记得了，喝断片儿了。

其实，丁志诚也不想喝多，谁喝多都难受。每次喝酒前，都告诫自己要少喝，悠着点。但喝到七、八成，就失控了，开始抢酒喝了。最后，轰然倒下。喝大酒的人，头晚宿醉，第二天早晨起来，头痛欲裂，就赌咒发誓：我再喝酒就是王八蛋；到了中午的酒桌上，看到了酒，就自我解嘲：王八蛋也得喝；到了晚上，开始逼宫：谁不喝谁是王八蛋。最后，给自己开脱：人是好人，酒是王八蛋！

酒成为刘小琳、丁志诚家庭战争的导火索。只要看到丁志诚一喝酒，刘小琳就气不打一处来，这日子没法过了，这个家非让你喝散了不可！离婚！离婚！闹了几次，丁志诚也尽量减少出去喝酒的次数，但就是不敢说戒酒，哪怕因此离婚。丁志诚有自己的道理：做不到的事不要说。刘小琳讥讽丁志诚不是个爷们，人家张学良大烟都能戒，你一个酒戒不了？一点毅力都没有，能成什么大事?！再说，老这么喝，身体喝出毛病来，谁伺候你？但世风如此，丁志诚也没办法。再说了，都知道你丁志诚能喝酒，不喝，那不是明摆着不给面子吗？水至清则无鱼，人至察则无朋！

刘小琳和丁志诚两地分居后，又想起丁志诚的种种好处。觉得老丁除了喝大酒，别的还真挑不出什么。家里啥事都刘小琳说了算，钱也刘小琳管着。老丁虽然在滚滚红尘的官场、生意场摸爬滚打，但一直洁身自好，没有什么情人、"小三"那些乱七八糟的东西。当年，还是自己主动追的志诚哥哥呢！这可能就是常说的“距离产生美”吧？也可能是丁志诚都是在没喝酒时给她打电话的，让她产生了错觉：丁志诚不再是酒鬼了。再加上日夜思念妮妮，两年后，刘小琳再也熬不住了，强烈申请调往深圳。省教育厅也觉得老让人家夫妻两地分居，太不近人情，就痛痛快快地放行了。刘小琳调到深圳一个区的重点中学任校长。

妈妈的到来，妮妮高兴坏了。刘小琳一心扑在工作上，对妮妮疏于照顾。妮妮从小学二年级开始，周一到周五都住在爷爷、奶奶家，生活、学习都是奶奶照料。周六，丁志诚和刘小琳回父母家吃饭，晚上把妮妮带回家。星期天，就是皇上赐御酒，丁志诚也不会喝，全身心地陪妮妮。反倒是刘小琳经常跑到学校去加班。后来，妮妮跟爸爸到深圳，刘小琳更是两年多没在身边。多亏了对门邻居方老师的照顾。方老师的女儿晶晶和妮妮是同班同学，又是邻居，丁志诚忙不过来时，妮妮吃饭、做作业，都是方老师一手包办。丁志诚发自内心的感谢，方老师不在意地说：“不就是多双筷子嘛！一个羊也是放，两个羊也是放，两个孩子在一起，还有个伴儿。”丁志诚也就不客气了，单位分的米、油，朋友送的腊肉、海鲜、土特产等，索性都拎到方老师家，反正自己也没时间做。妮妮和晶晶处得像亲姐妹一样，方老师也把妮妮当亲女儿一样看待。不用说，丁志诚和方老师的老公张强也就成了哥们加酒友了。

妮妮六岁开始奶奶带着学钢琴，很有天赋，三年顺利地考过五级。正在刘小琳做培养钢琴家美梦时，妮妮忽然宣布她不想练钢琴了，她要学跳舞。不管刘小琳是发火也好，苦口婆心也好，她就是油盐不进。骂急眼了，她往钢琴上泼茅台酒，要一把火把钢琴给烧了。吓得刘小琳赶紧改口：“小祖宗，怕你了！”

妮妮在贵阳学跳舞，只学了一学期，就转学到深圳了。不过，跳舞倒没耽误，不但成了学校的台柱子，还被选入市青少年宫舞蹈队。刘小琳又看到培养舞蹈家的希望。但妮妮又一次让刘小琳美梦破灭，舞蹈又不跳了。刘小琳很恼火：这又怎么了？跳舞可是你自己选的！这回倒不是妮妮做事没常性，而是妮妮这两年个子蹿得太快，长到一米七二了。在舞蹈队跳双人舞找不到男伴，跳群舞鹤立鸡群，影响群舞的整体性。舞蹈队的老师只能忍痛割爱。

妮妮钢琴不弹了，舞蹈不跳了，精力全部放到文化课学习上。高考放榜，考中深圳大学。刘小琳一颗悬着的心总算放下了。谁知道，大学读了一年，又出幺蛾子，休学，报考“丝路花雨模特公司”当模特。妮妮练过钢琴，学过跳舞，大学生底子，气质、悟性、修养、素质，在同龄人中出类拔萃。一年后，已成为公司头牌。刘小琳身为中学校长，自然不会对模特这一行业有什么偏见，但放着好好的大学不读，总不是个事。最可气的是丁志诚，对妮妮总是采取纵容的态度。这也是妮妮敢跟妈妈叫板的底气和支撑。

这妮妮也真神奇，在公司站住脚跟儿后，又拿起了书本，半工半读，继续自己的学业。虽然比同学晚毕业了一年，但也拿到了毕业证。当大家以为她要在模特界大展拳脚时，她却一个华丽的转身，投身房地产界，几个回合下来，已经成了“国际宏图房地产有限公司”董事局秘书，享受副总裁待遇。

妮妮家里有两个校长，爷爷、爸爸都是当领导出身，从小耳濡目染，通晓人情世故。自小当班长，培养了领导才干。T台上的几年磨炼，已经洞悉了人性的隐微，不论是同政府打交道，还是生意场上谈判，都长袖善舞，游刃有余。既可以气干云天，一口干掉四两高度白酒；又可以柔情似水，弹一曲《献给爱丽丝》。妮妮的钢琴水平玩专业不行，蒙这帮土财主绰绰有余。这只是小试牛刀，跳舞蹈、走猫步的看家本领还没拿出来呢！

在工作上，有点像刘小琳，喜欢追求完美。工作之余，又读了经济学研究生。是那种智商、情商都非常高的人。妮妮现在工资、奖金、加上期权奖励，年薪达百万元。

妮妮事业干得风生水起，刘小琳校长再也不敢对妮妮指手划脚了。现在家里遇到什么难事，都是妮妮出面搞掂。

丁志诚来深圳还有一个重要的原因，听说广东人不善饮，喝酒不劝酒。到了深圳才发现，这哪是广东的深圳，深圳一千多万人，绝大部分是外地人。北方人到了深圳，很多生活习性都改了，就是酒照喝。广东人能喝的也不少。丁志诚周围一帮东北人，你我之流，不喝才怪呢？现在，又没有老婆管，丁志诚酒喝得更凶了。

妮妮从小住在奶奶家，刘小琳和丁志诚在妮妮回家时，都克制自己。妮妮一直不知道因爸爸喝大酒，妈妈闹离婚这件事。在深圳，虽然目睹了爸爸喝酒，有时还酩酊大醉，但是，她并不像妈妈那样，深恶痛绝。这孩子可能《水浒传》类的书看多了，觉得男人就该大碗喝酒，大块吃肉。气得刘小琳骂她是“小叛徒”。

刘小琳来深圳以后，丁志诚喝酒的事是能推的推，可去可不去的，一定不去。喝酒也不像以前那样往死里喝，尽量节制。再也没出现喝吐了，醉得一塌糊涂，或者，喝断片儿，耍酒疯的情况。但刘小琳已落下毛病，只要看到丁志诚喝酒喝稍微多了点，或者她认为喝多了，就大吵一场，也不避讳妮妮。搞得妮妮夹在父母之间左右为难。

丁志诚也很委屈：我一个大男人，一不抽烟，二不赌博，三不泡妞，就这点爱好，你怎么就不给个空间呢？再说，在喝酒这件事上，我比以前克制多了，最多酒后打呼噜。怕影响你，我都睡客厅沙发了，你怎么还没完没了的？人家有的女人听不到老公的呼噜声还睡不着呢！动不动就拿离婚说事儿！离就离，谁怕谁？现在满大街都是离婚的女人，还有挖空心思找“成熟男”的小姑娘。要不是为了孩子，谁天天受这个气？两个人形成了死结，刘小琳认为，丁志诚不戒酒，就是不在乎自己，不在乎这个家。丁志诚觉得刘小琳小题大做，不就是喝点酒吗？天底下哪有十全十美的男人？

两个人吵吵闹闹的日子又过了几年，这婚也没离成。没离成的原因是两个人谁都不肯对妮妮放手。但丁志诚做不到彻底戒酒，刘小琳也做不到容忍丁志诚喝大酒。两个人就这么一直僵着，直到妮妮上了大学，在刘小琳以死相逼的情况下，丁志诚才被迫分手。吵架吵得天昏地暗，但真离婚时，两个人倒很平静。丁志诚把现在住的大房子和家里所有的东西都留给了刘小琳，下步庙那套房子归丁志诚。存款一人一半。妮妮上大学的费用，丁志诚说全部负责，但刘小琳坚持一人一半。说是一人一半，两个人都争着给钱。后来，妮妮做模特自己挣钱自己养活自己。

下步庙的房子出租到期了，丁志诚把房子简单地粉刷了一下，添了几样家具和生活用品，就搬进去了，又过起单身汉生活。

丁志诚离家那天，丁志诚收拾东西，刘小林把自己关在屋里，默默流泪。丁志诚出门后，刘小琳跑到窗前，看着大志诚渐行渐远的背影，心一下子空了。

婚姻是围城，里边的人想冲出来，外边的人想走进去。但真的从围城走出来，新鲜劲儿一过，你就会觉得家庭虽然是个束缚，就像红绿灯的红灯一样，看着招人烦，但却能保证不堵塞，更畅快地通行，让你有个完满的人生。其实，有时吵吵闹闹也是一种“甜蜜的负担。”

刘小林离婚后，在热心大姐、同事的裹挟下，也相了几次亲。刘小琳对自己还是蛮有信心的。四十二、三岁，面容姣好，身材依然保持苗条，最主要是气质好，知识女性。刘小琳对自己未来的丈夫只有一个要求：不喝酒。结果令刘小琳大失所望，介绍的男人，不是比自己大十多岁，就是长得歪瓜裂枣。倒是有一个长得英俊，又年轻的后生，但是，那是个骗子。和自己年纪相当的，目光根本不在自己这个年纪女人身上，各个都想“老牛吃嫩草”。说来也气人，那些“嫩草”把自己整的水灵灵的，心甘情愿地等着老牛来“啃”！

深圳的男人被女人宠坏了。深圳男女比例1：6，是中国男女失衡最严重的城市之一。深圳堆积了一帮三十岁左右的单身“白骨精”（白领、骨干、精英），她们结伴逛街、看电影、做美容、做瑜伽，AA制品尝美食、泡吧。偶尔客串一下陪酒女郎，但“卖艺不卖身”，只是陪陪酒，跳跳舞，最大限度搂搂抱抱。十二点前一定回家，从不接受客人消夜的邀请，一是不能影响第二天上班，二是怕胖，最主要的是守住自己。当然，遇到特别投缘的，“一夜情”的事也不会拒绝。

这类女人大概分三种，一种人是在内地离婚后，听说深圳钱多、人傻，自恃有几分姿色和手段，跑到深圳钓“金龟婿”来了；一种人是持美傲物，误把自己当成公主，阅尽天下男色。最后高不成、低不就，成了“剩女”；一种人是从农村出来的，经过十几年的打拼，在城里站住了脚，蓦然回首，已成了“大龄女”。

三种女人虽然经历不同，但目标一致，都锁定四十五岁到五十五岁离异的男人。因为她们深知，三四十岁的男人不是她们的“菜”。三四十岁的男人不是别人的丈夫，就是离婚找二十多岁小姑娘的主。要想建立家庭，还是五十岁左右的男人靠谱。她们看着潇洒，其实，她们比二十多岁的小姑娘还渴望家庭。

刘小琳本来想换一个男人，没想到，“狼多肉少”，满街都是眼睛冒着绿莹莹光，等着捕获被推出家庭男人的小“母狼”。江湖险恶，刘小琳再也不去淌这摊浑水。从此，刘小林琳心如止水，以校为家，把学校工作当成自己全部生活内容。

丁志诚心中充满了深深的忧伤。觉得愧对刘小琳，愧对妮妮，虽然妮妮看得开。不能给她们母女一个完整的家庭，是自己做男人的失职，丁志诚因此谢绝了所有想给他介绍女朋友的好意。两年了，丁志诚一直没有走出离婚的阴影。身边只有一帮酒友陪着他，轮流请他吃潮州菜、粤菜、淮扬菜、湘菜、川菜、鲁菜、东北菜、千味涮……除了满汉全席，吃了个遍。吃得丁志诚提起饭局就想吐。

这世道变化真快，二十多年前，请客，饭店请不起，只能在家里。那时有一个饭局，十里外，搭公共汽车也得赶过去。到酒店吃饭，那绝对是一件可到人前显摆的大事。现在倒过来了，只有最尊贵的朋友才请到家里吃饭。

一干酒友在外边吃饭吃腻了，就买点下酒菜，把丁志诚家当成聚义厅，大碗喝酒，大块吃肉。吃得高兴，喝得痛快。就是吃完后，杯盘狼藉，一帮臭男人谁都不爱收拾。最后抽签，谁倒霉谁做清洁工。有一回，张强抽中了，他把在他公司做办公室主任的表妹张小菊叫来帮忙。到底是做办公室主任出身的，干活利落，一会儿工夫就把房间收拾得干干净净，清清爽爽的。接着，给大家沏茶、斟茶，切好水果盘，插上牙签，放到茶几上。然后，退到房间，安安静静到看电视，时不时出来看看有什么需要，或者给茶壶加点水，给大家添点茶。

这女人也太贤惠了！大家如获至宝，再到丁志诚家聚会，一定叫张强把小菊请来。即使张强没空来，也要把小菊派来。小菊来了，二话不说，地里里外外忙活着。有时还亲自下厨给大家做菜。最拿手的是“河南烩面”，用河南话说：“那是真不赖！”

小菊家在河南平顶山，父亲是煤矿工人，母亲是农村人，小菊跟随母亲在农村生活。小菊五岁时，煤矿发生瓦斯大爆炸，父亲不幸遇难。母亲靠着抚恤金和政府救济，将两个孩子拉扯大。小菊十八岁那年，考上郑州大学，但看看一贫如洗的家，只能含泪告别自己的大学梦，揣着大学录取通知书，来到深圳，加入打工大军行列。

小菊有个哥哥，小时淘气，模仿电影上的骑兵战士，领着一帮小孩骑毛驴冲锋，从驴背上摔下来，头被驴踢了，人就变得有些傻里傻气的，只能在家里干一些出力气的农活。

小菊凭着“准大学生”的底子，在特区关外一家书城找到一份工作。利用读书便利的条件，边工作边学习，几年下来，学完函授大学企业管理专业的全部课程，圆了自己的大学梦。后来成了张强公司的白领，又一步一步地做到办公室主任的位置。

小菊每个月的工资，除了留下最低的生活费，其余的全部寄给妈妈。妈妈和傻哥哥靠种地维持生存，把小菊寄来的钱全部存起来。攒了几万块钱，翻新了房子，还给傻儿子娶了个哑巴媳妇。小菊在和嫂子接触中，发现哑巴媳妇虽然不会说话，但人很精明。因此，小菊在和丁志诚结婚时，和老丁商量，能不能只添张大床，两套床上用品，请几个常在一起的铁哥们喝顿酒，其他仪式就不搞了，省下钱帮助家里建个小超市。老丁本来就觉得二婚不是什么光彩事，只是怕委屈了小菊，才勉为其难要搞一个结婚仪式。现在，小菊一说不搞仪式了，正合他意，爽快地答应了。

哥哥忙田里的活，够吃喝了。嫂子经营小超市，生意还不错。后来又生了个大胖小子，谢天谢地，小子既不哑，也不傻，聪明健康。小日子有点滋味了。当然，这都是后话。

老丁家的饭局，有了小菊这么个不要工资的服务员，大家更是时不时地聚一下。小菊每次都乐呵呵地张罗着，从无怨言。大家戏称她女主人，她非但不生气，好像还很高兴的样子。而且，老偷偷摸摸瞄老丁。老丁一抬头和她眼光接上了，小菊脸唰的一下子红了，赶紧跑去做事。这年头，会脸红的女孩可不多。大家看出端倪，有一次趁着酒兴起哄：“老丁，你就把小菊收了吧！小菊，你就从了吧！”小菊脸像块红布，低着头不敢看大家。

小菊从小缺乏父爱，一直渴望找一个比自己年纪大，知冷知热的男人。见到老丁，小菊知道遇到自己的“真命天子”了。但老丁对自己一直是一副正人君子模样，也不知道他有没有看上自己。有时客人都走了，小菊留下来陪老丁，孤男寡女共处一室，老丁也是规规矩矩的，对小菊的橄榄枝视而不见。自己大姑娘一个，总不能投怀送抱吧？只能默默等待。

老丁是过来人，对小女子的心思心知肚明，也觉得小菊是个不错的姑娘。主要是觉得自己比小菊大十七八岁，年龄上不合适。最主要的原因，是老丁一直等着刘小琳回心转意，复婚，试探了两次，无奈，刘小琳心意已决，老丁彻底死心了。

通过接触，发现小菊不但贤惠，看问题、人生观和自己也很合拍。最让老丁动心的是小菊不但不讨厌男人喝酒，好像对能喝酒的男人还很欣赏。用小菊的话说：“喝酒才够爷们儿！”小菊她们村就没有不喝酒的男人，能喝不醉乃英豪。喝醉了，不打老婆、孩子，那就是好丈夫、好父亲。都是女人，刘小琳和张小菊对待男人喝酒的看法差距咋就这么大呢?!老丁开始认认真真考虑与小菊成家的事。今天，趁大家起哄，老丁借酒盖脸，说出真心话：“我没意见，就不知道小菊同意不?”“小菊，快表态!”“过了这个村可没这个店了”，大家七嘴八舌地让小菊表态。“同意”，小菊嗓子挤出蚊子样小声。啪、啪、啪，大家鼓掌表示祝贺。众人皆大醉。这一次，小菊也未能幸免。

老丁和小菊婚后生活幸福。第二年，小菊给老丁生了个儿子，取名亮亮。老年得子，又是丁家唯一男孩，自然宝贝得不得了。惯得不成样子。老丁下班，儿子要骑大马，老丁就满地爬给儿子当马。五十多岁的人了，爬两圈就气喘吁吁的。小菊喝令亮亮下来，老丁摆摆手，继续在客厅驰骋。气得小菊骂他“贱骨头”。

到酒店吃饭，看到大人喝酒，亮亮也要喝，不让喝，就掀桌子。小菊要揍他，被老丁拦住：“他想喝就让他喝嘛。来，儿子，喝酒!”亮亮不知深浅，拿过白酒杯就喝。噗，好辣。亮亮将满口的酒吐在地上，伸出舌头吸溜着，再把酒杯递给他，扭头就跑。

一会儿，又钻到桌子底下捣乱，叫他出来，一脸坏笑。吃完饭，小菊站起来买单，一个趔趄，差点摔倒，原来亮亮把她两个脚的鞋带系在一起了。小菊哭笑不得，拽过亮亮，照着屁股打了两巴掌。老丁哈哈大笑，欣赏的目光看着儿子。

过后我说老丁太溺爱亮亮，简直把儿子当成孙子养。老丁却振振有词地说："只要儿子高兴，我当孙子都行。"无语。

妮妮非常喜爱这个弟弟，每次来都买玩具和一大堆好吃零食。最夸张的一次，给亮亮花三千元买了一个电动小汽车，跟风景区的电瓶车一样，开起来满地跑。亮亮和姐姐非常亲，每次告别时都拉着手不让走。

妮妮和继母小菊处的像姐妹一样。两个人逛街，妮妮恶作剧，趴在小菊耳边喊一声："小妈"，然后跑开。小菊满街追打她，两个人嘻嘻哈哈闹成一团。路人看了说：这姐俩，真能疯！

刘小琳刚和丁志诚离婚时，感觉和当年两个人深圳、贵阳两地分居差不多，家里有什么事、什么活还找丁志诚，老丁也没二话。直到老丁建立了新家庭，才少了来往。但由于有妮妮这个情报员，老丁家的情况，刘小琳还是门清。由于刘小琳一直没有再嫁，大家，包括她自己都还把她当成丁志诚的女人，老丁的兄弟们见了，还是习惯性喊大嫂，刘小琳答应的也很顺流。刘小琳见到丁父、丁母，还是喊爸妈，丁爸、丁妈答应的也很顺流。刘小琳和丁家属于那种打断骨头连着筋的关系。

一天，老丁正在参加一个招标会，手机震动，来电显示是刘小琳的号码。老丁到走廊接通电话："喂"，手机传来刘小琳微弱的声音："丁哥，我不行了。"啪，手机摔在地板上的声音。老丁大惊，顾不得招标会了，跑到停车场，开车一路狂奔。路上，也顾不得交通规则了，打电话给主办方说明情况。

冲到刘小琳住的楼层，大门洞开，一溜血脚印从客厅通向卧室，刘小琳躺在地板上的血泊中，人已经昏迷了。

下午，刘小琳觉得不舒服，就向学校请假回家休息。到了家楼下，发现裤子上有血，就想换一条裤子去医院。没想到，血越出越多，勉强挪到卧室，连爬到床上的力气都没有了。昏迷前，靠着残存的意识，给老丁打了个电话。

事情紧急，来不及打120了，老丁抓起床上的被子，裹好刘小琳，驾车驶往就近的妇幼保健医院。同时，通知医院做好急救准备。到了医院，医护人员已等在门口，马上推到急救室抢救。主治医生是个老医生，经验丰富，一看是子宫肌瘤破例导致大出血，马上对症医治，一通忙活，出血止住了。好险呀，血色素已降到5.0了，只有正常人的一半。如果再晚来半个小时，就有生命危险了。

老丁给小菊打了个电话，然后一直在病床边守护刘小琳，一夜未睡。主治医生过来和老丁商量治疗方案，先补血，血色素达到8.0以上后，做手术，把肌瘤和子宫一起切掉，根除后患。医生想当然地把老丁当成刘小琳家属，老丁也没把自己当成外人。“一定要把子宫切除吗?”老丁问:“没有再好的医治办法了吗?”“子宫肌瘤摘除后还会复发，根除不了。只有把子宫切除，才能一劳永逸。”医生回答。接着又安慰老丁:“想开点，这把年纪了，反正也不再生孩子了。你放心，这样的手术我做几百例了，我可是权威哦!”

老丁和刘小琳商量，刘小琳也同意。老丁不死心，觉得一个女人没有了子宫，无论是生理上，还是心理上都不完整了。因此，到处打听，到处托人。皇天不负有心人，市人民医院介入科治疗子宫肌瘤不用切除子宫，通过“栓塞”手术可以除掉子宫肌瘤。子宫肌瘤是靠鲜血存活和生长的，“栓塞”是通过微创手术，把通向子宫的毛细血管全部扎死，子宫没了血，肌瘤也就没了生存土壤了。

手术由科主任亲自操刀，长达六个小时。手术非常成功，老丁一颗悬着的心，终于落了下来，回家昏睡了一天一夜。从刘小琳住院，二十多天，老丁没睡过一个囫囵觉。

刘小琳大出血，身体虚弱，需要大补。老丁就今天乌鸡人参汤，明天冬虫夏草炖水鱼，变着花样给刘小琳进补。刘小琳知道，东西虽然是老丁拿来的，但都出自小菊的手。小菊虽然一直没露面，但煲汤熬药，洗洗涮涮的活都是她干的。老丁天天在医院跑前跑后照顾自己，哪有时间干别的。刚开始时，心里也有些别扭，但刘小琳多年当领导，是个见过世面的人，拿得起、放得下，不会拒绝老丁和小菊的好心。虽然没当面感谢小菊，但心里记住了这份情。

时间过得真快，一晃刘小琳已经退休了。亮亮也六岁了，该上小学了。开学那天，亮亮在爸爸妈妈的陪同下，兴高采烈地走进了实验学校小学部的大门。但第二天死活不让爸爸送，只同意妈妈送。问为什么，也不说。小菊到学校问老师，才明白原委。昨天老丁走后，有的小朋友问亮亮送他来的是不是爷爷，亮亮说是爸爸。小朋友不信，哪有那么老的爸爸?!就取笑亮亮管爷爷叫爸爸，亮亮气哭了。但亮亮没有想到，今后想让爸爸送也没机会了。

老丁等小菊送完亮亮回来后，和小菊驾车到盐田区谈一笔生意。谈判进行得很顺利，签完合同后，谢绝了对方请吃饭的好意，驱车赶回福田区。罗沙路新一佳十字路口等候红灯。绿灯亮了，老丁刚启动轿车，另一车道同时启动的泥头车忽然侧翻，一车厢的石头全部倾泻到老丁的车上，“丰田”轿车一下子压瘪了。等消防队员将石头扒开把人救出来时，两人已经没气了，直接送殡仪馆。

办完老丁的后事，如何安置亮亮成了妮妮头痛的事。小菊家里，寡妇妈、傻哥哥自己活着都困难，别说养亮亮了。爷爷、奶奶都八十多岁了，白发人送黑发人，身体一下子就垮了，现在还得靠姑姑伺候。爸爸就姑姑这么一个妹妹，照顾爷爷、奶奶，操持自己家，已经忙得恨不得再生出两只手来。送人？那更不可能！亮亮是丁家唯一的香火，可不能叫爸爸死不瞑目啊！再说，亮亮已经大了，这孩子鬼精鬼灵的，也送不出去。妮妮思前想后，只有一条道可走，那就是自己抚养亮亮。

爸爸、妈妈骤然离世，亮亮虽然还不完全明白对自己今后意味着什么，但他知道，父母不在了，姐姐就是自己唯一的亲人和依靠了。因此，寸步不离地跟着妮妮，妮妮上洗手间都在门口等着。妮妮泪眼滂沱地看着苦命的亮亮，心都碎了。

老丁走了，刘小琳心里彻底空了。刘小琳这一生除了丁志诚，就没爱过别的男人。和老丁吵也好，闹也好，那都是夫妻之间的必修课。

从老丁的葬礼回来，刘小琳就病倒了。自己悄悄住进医院，没惊动任何人。在住院期间，刘小琳回忆起自己和丁哥的点点滴滴，止不住热泪长流。由老丁又想到亮亮。一想到亮亮，刘小琳躺不住了。亮亮爷爷奶奶、外公外婆家的情况刘小琳很清楚，谁也没能力抚养亮亮。按照妮妮的性格，一定会自己抚养弟弟。我可怜的妮妮哟，自己还没成家，你咋会养孩子？

刘小琳从医院直接去了妮妮住的红树湾公馆。按响门铃，妮妮眼睛红红的开门。怎么啦？前些天忙老丁的后事，亮亮的学习没人管，作业很多都没做，妮妮让他补上。亮亮不听话，一会儿喝饮料，一会儿跑去看电视，连当天的作业都没完成。妮妮气得要揍他，亮亮就哭着找爸爸、妈妈。提到爸爸，妮妮也悲从心来，姐俩抱头痛哭。

刘小琳拉过亮亮，帮他擦干眼泪，哄着："亮亮最听话了，来，阿姨帮你写作业。"刘小琳，省特级教师，重点中学校长，调教一个小学一年级学生，那是"张飞吃豆芽，小菜一碟"。再加上强大的气场，一下子就把亮亮给镇住了。乖乖地写作业、乖乖地冲凉、乖乖地睡觉。妮妮由衷地敬佩，向妈妈竖起大拇指。

亮亮在写作业时，没头没脑地说了一句："你不是阿姨，是奶奶。"刘小琳愣住了。扑哧，妮妮被逗笑出声来。

亮亮睡下后，在妮妮的房间里，刘小琳问："你真的抚养亮亮？"妮妮："不养怎么办？爷爷奶奶，亮亮外公外婆的情况您都知道。"刘小琳试探着："要不，把亮亮交给我？"妮妮提醒："这可是爸爸和小菊生的孩子。""那又怎么样呢？""您真的不恨爸爸和小菊？""是我把你爸赶出家门的。你爸除了喝酒这一条，在深圳还真难找像你爸爸这样的好男人。"提到老丁，娘俩又眼泪汪汪的。刘小琳擦擦眼泪接着说："小菊我更没有理由恨人家，她又不是'小三'，我和你爸爸离婚时，她还不认识你爸爸。我住院期间，多亏了小菊。""你是大，她是小，就该伺候您。""死丫头。又没正行。"刘小琳轻轻地打了一下妮妮，气笑了。看女儿没有爽快地答应，刘小琳又补充说："你妈你还信不过？我能把你养大，就能把亮亮养大。""妈"，妮妮扑过去，搂着妈妈的脖子："你真是我的亲妈！""行啦，多大了，还撒娇。妮妮，你和我说实话，你把亮亮领回来，是不是知道你妈一定会接着？""妈"，妮妮不好意思地笑了。说实话，妮妮当时万般无奈地把亮亮领回家时，脑袋里曾经有过一闪念。

刘小琳是一个精力特别旺盛的人，退休后，闲得难受，天天催促自己找对象、结婚、生孩子，嚷嚷着要抱外孙子。干脆让她培养亮亮，自己也落个清静。不行、不行，妮妮马上否定自己。叫妈妈抚养爸爸和别的女人生的孩子，这对妈妈太残酷了！

刘小琳觉得自己一生中最失败的事情就是和丁志诚离婚，尤其是丁志诚想要复婚，自己一根筋犟到底。后来想复婚，老丁已做了她人夫了。这时，又想起丁哥的千般好来，恨不得抽自己两个耳光子。住院的一个多月时间，仿佛又回到刚结婚的时候，温馨、甜蜜。出院后，眼巴巴看着丁哥离去，他是人家丈夫。

丁志诚出事后，刘小琳深深自责：要是不和丁哥离婚就好了，也许就躲过这一劫了。丁志诚的葬礼上，刘小琳才第一次见到亮亮，简直是和丁志诚一个模子刻出来的，一看就喜欢得不得了。看到亮亮，刘小琳又想起小时候自己跟在刘大林、丁志诚屁股后玩耍的快乐时光。对亮亮有些爱屋及乌了。

亮亮这孩子虽然顽皮、任性，但聪明、心地善良。小朋友到家里来玩儿，他会把所有的玩具拿出来与小朋友分享。在路上碰到乞讨的，总是拉着妈妈的手，往乞讨罐里扔几块钱。上课不注意听讲，作业总完不成，是老师家访的重点对象。但是。考试经常是九十八分、九十九分。要是不马虎，就一百分了。刘小琳当了一辈子老师，知道这样的学生最有培养价值。妮妮自己还是个孩子，哪懂这些？要是放任自流，那就毁了。又起了爱才的心。

刘小琳在亮亮身上千转百回思量，最后认定，把亮亮抚养长大，不论是对丁家，对亮亮，还是对自己，都是功德无量的事！那还犹豫什么？我这个妈当定了！

刘小琳退休后，有好几家民营学校高薪聘请她做校长。有的不但给高薪，还给股份。刘小琳谢绝了所有人，把全部精力都放在亮亮身上。刘小琳只有一个心愿，替老丁把亮亮抚养成人……

6 干掉王小帅

引子

我死了，但死不瞑目！我的灵魂无法安顿，至今四处游荡。

死后两个月，在当地《法制报》上读到一则新闻：广西壮族自治区桂木村唐某某借李某某3000元人民币，逾期不还，李某某欲对簿公堂。王某某劝解，并担保两个月后归还。两个月后，唐某某还是没还，李某某一气之下，把王某某给杀了。

众人议论纷纷，觉得不可思议。现在人是不是疯了，才3000元，怎么就把担保人给杀了呢？

其实，这个记者有点不合格。新闻内容缺乏时效性和真实性，人都死两个多月了才报道，内容也以偏概全。

事情是这样的……

一

新闻里的王某某就是我，叫王小帅，唐某某叫唐二牛，李某某叫李铁锤。我们都是桂木村人，李铁锤还和是我小学、初中同学。初中毕业后，李铁锤就不读书了，和他爸学养猪、劁猪、杀猪手艺去了。我考到县一中继续求学。几年间，李家养猪场和肉铺已经远近闻名。

1

说起那大的事，和我一毛钱的关系都没有。我那大回父母家，刚到村口，就看到老榕树下围着一帮人，老远就听到李铁锤在那喊：“你再不还钱，老子弄死你!”走近一看，是李铁锤和唐二牛在吵架。唐二牛向李铁锤借了3000元钱，说好了三个月还，但一年多了也没还，多次讨要，唐二牛一直耍赖皮。

我觉得乡里乡亲的，没必要弄得那么僵，就下车劝解，并担保说两个月后，唐二牛一定能还。我和李铁锤是老同学，又是村里的首富，这个面子他得给。再说，他现在正在追求我的秘书徐丽娜，还指着我给捧臭脚呢!

李铁锤身高一米七二，国字脸，倒也相貌堂堂。只是，杀猪时间长了，脸上生出了横肉，面相有些凶。

说我是村里的首富，你觉得我吹牛？怎么跟你说呢？我是村子里第一个盖起小洋楼的人。镇上有工厂，县城里有180平方米的商品房，还有200平方米的服装店。

问我哪整来的这些钱，还真是有点不好意思说。不是，想哪去了，跟黄、赌、毒无关。

二

高考，离二本录取分数线差三分。虽然可以读一个三流大学，但我不想浪费时间。像我们这些社会最底层的农家子弟，读不了“211工程”学校，大学毕业了也找不到好工作。读了四年大学，把心搞野了，最后高不成低不就的。我也不想再复读了。这一开学，妹妹上高中，弟弟上初中，老爹为孩子读书，已经快卖血了，我身为长子，要为父母分忧。我收拾行囊，到深圳加入到打工大军行列。我在一家野味馆当服务员。老板为人很和气，是一名回乡知识青年。他知道我考大学的经历，再加上我长得白白净净的，又戴个眼镜，就叫我大学生。

一晃，来深圳已经六年了，弟弟、妹妹都考上了重点大学。六年，我一直都在那家餐馆打工，已熬到店长了。

为了不辜负我“大学生”的名号，圆自己的大学梦，我边打工，边参加电大学习，现在已拿到了“深圳大学”经济管理学本科毕业证。

“冬至”节到了，老板请大家聚餐，主打菜是“奇味鸡煲”。煲盖打开，奇香扑鼻。大家一哄而上，大快朵颐。饭快吃完了，老板笑眯眯地问：“香不香?”香！大家异口同声地回答。“那你们知不知道我加了什么料?”大家摇摇头，等待答案。“是老鼠肉!”哇，小丽等几个服务员一阵反胃，跑到餐馆外边吐去了。只有我饶有兴趣地看着老板。噢，“奇味鸡煲”能成为镇店之宝，原来秘密在这！老板酒喝高兴了，本想扔个重磅炸弹，把大家炸个七零八落。没想到，我自岿然不动。

“你不怕吗?”老板的问话把我从发现秘密的兴奋中拉了回来。我赶忙把老板的酒斟满，也把自己的酒斟满，双手举起，敬老板一杯。然后试探问：“这应该不是普通的老鼠吧?”

“当然不是。”老板把杯里的酒一口干掉。满脸红涨，有些喝高了。我赶紧把酒续上，等待下文。“我跟你说，这能吃的老鼠有吃竹笋的竹鼠、吃芦苇根的芒鼠、吃甘蔗的蔗鼠、吃坚果的山鼠、吃稻谷的田鼠。竹鼠、芒鼠、蔗鼠，个大，大的有20多斤重，用黄豆红焖，那才好吃呢。可惜，数量不多，山鼠太贼，不好抓。我们广东人吃的主要是田、田、田鼠。”老板话没说完，就趴在桌子上了。碰翻了酒杯，酒水在桌子上像家乡的桂木河一样，蜿蜒流淌。

过了几天，我看老板空闲，就跑到烟酒专卖店买了瓶“轩尼诗”，定了个小单间，点了几个下酒菜，恭请老板。老板一进屋，看这架势，还没坐下就问：“有事求我?”我没接茬，赶紧让座，布菜、倒酒。

“大哥，我敬您三杯。”

“为什么?”

“这第一杯，是感谢大哥几年来的照顾，让我在广州有立锥之地。”我一口干掉。“这第二杯，是感谢大哥的信任，让我做店长，现在又打算让我负责‘野味馆’的采购。我知道这是个肥差，这活都是家里人干的，大哥这是不把我当外人。就冲这，你这个大哥我认一辈子。”我把第二杯酒干掉。“这第三杯，我首先要向大哥道个歉，恐怕要辜负大哥的美意了。我想回老家创业。”

老板也举起酒杯：“兄弟，我陪你。”干掉后，老板抹了抹嘴角：“你不干这采购，可惜了。我那小舅子盯这个位置那可是盯了好几年了，他人品不行，我一直不敢把这活交给他。”老板拿过酒瓶子，先给我倒上，再给自己斟满，接着说：“我是真的舍不得你走啊！唉，天下没有不散的宴席。来，哥敬你一杯，祝你大展宏图。”

“展啥宏图？我这是吃肉还是喝粥可全看大哥了。”

“怎么个话说？”

“我老家是产粮大县，一年三季稻。不管粮食是丰收了，还是歉收了，田鼠都要分一杯羹，乡亲们头痛得要命。既然广东人爱吃田鼠，我就回家抓田鼠，既能赚钱，又能为家乡减轻鼠害，何乐而不为呢？”

“噢，我说那天你为什么问起来就没完呢？你别说，还真是条发财道。”

“但是，大哥我不知道往哪卖，深圳餐馆老板说得上是朋友的，我只认识你一个。大哥能不能帮兄弟一把，价格你随便定。”

“这个吗？”老板思忖了一下，痛快地表态：“没问题，大哥包了，有多少要多少。”

我小心翼翼地问：“那用不了怎么办？”

“我可以转给别人，大哥熟人多。价钱的事你放心，大哥不会亏待你。”

我感激地又连连敬酒。老板毫不保留地把如何给田鼠扒皮净膛、晾晒储藏等手艺教给我。还送了鼠笼子、鼠夹子等一套捕鼠工具。

心中高兴，我频频举杯。很快，一瓶700毫升的洋酒见了底，这回趴下的是我。

三

老家人听说我抓田鼠卖钱，觉得我是想钱想疯了。就连我父母也怀疑我在大城市待时间长了，脑子出了问题。只有弟弟一个人铁杆支持我。弟弟已经收到“广州外语外贸大学”录取通知书，离开学还有一个多月的时间。反正没什么事，抓田鼠卖钱，这事挺好玩的。弟弟小时候就爱和小伙伴抓田鼠玩。有一回，他们把田鼠身上浇上菜油点着了，田鼠乱窜，钻到稻草垛里，把稻草垛点着了，火光冲天，差点酿成大祸。

稻谷成熟了，田野里一片金黄，放射出耀眼的光芒。微风吹过，满世界弥漫着粮食的芳香。乡亲们忙着收割稻谷，田鼠也忙着储藏粮食。这是捕捉田鼠的最好时机。

我和弟弟在乡亲们的怀疑、不屑的目光注视下，开始了捕捉田鼠行动。一个多月下来，收获颇丰，捉了几千只田鼠。院子里挂满了扒皮净膛的田鼠裸尸，吓得妹妹晚上都不敢出门。

在掏田鼠洞抓田鼠的同时，还收获了几百斤稻谷。田鼠拖到洞里的稻谷穗都是颗粒饱满的上等稻谷，少的三、五斤，多的十多斤。也不知道它们是怎样鉴别的。这也算意外惊喜吧！

在弟弟大学报到那天，带着田鼠干搭长途客车一起去广州。在车站，工作人员开包检查，用一根小棍子拨弄来拨弄去，问带的是什么货，怕说是田鼠不让带，就说是牛蛙。他们说了一句：“第一次看见牛蛙晒干了卖”，也就放行了。

到了广东省长途客车站，老板亲自驾驶车等在那里。见面自然有一番亲热。我们首先把弟弟送到广州火车站“广州外语外贸大学”新生接站点，然后直奔老板的“野味馆”。

老板讲究，按最高价格和我结算，我下子拿到22000多元。我要请老板吃饭，老板说咱们兄弟客气啥？反过来要请我吃饭。我谢绝了老板的好意，到“广州外语外贸大学”去看弟弟。

我给弟弟买了一套“阿迪”运动服外套，一双“耐克”运动鞋。这是他梦寐以求的东西，弟弟高兴坏了。

我在弟弟的床上对付了一晚上，第二天一早就返回桂木村。

四

我从广州回来的第二天，就直接去找乡长，把自己要建一个田鼠收购站的想法向他汇报。回乡创业?！乡长正在寻找典型，这就有送上门的，而商机竟然是田鼠。这事若是能干成了，既能减轻鼠害，又能增加村民收入，还能增加乡里的税收，一举三得，绝对是工作亮点。年轻的乡长很兴奋："地方现成的，种子站。"

"租金能优惠吗?"

"啥租金，闲着也是闲着。这个地方批给你啦，算是乡里对你创业的支持。"

乡长让办公室小张带我去找管大门的徐丽娜。路上，小张向我介绍了种子站的情况。

种子站有四个人，一个站长、两个年轻的男技术员，一个徐丽娜管办公室和财务。

种子站这些年也没培养出什么新品种。现在，全乡都在推广袁隆平培育的高产水稻，种子站也就没什么存在的必要。解散后，老站长调到乡农经办做主任；两个技术员每月发300元补贴费，自谋出路。他们第二天就去到深圳打工了。徐丽娜守摊，也是发300元补贴。不同的是，种子站原来的试验田她可以种菜贴补家用。

徐丽娜这个人我知道，低我一到届，是我们校当时的校花。能歌善舞、泼辣能干。后来，考上省农业学校，毕业分配到种了站的。听说她男人是青海那边的一个解放军的连长。我向小张求证，小张说是，但随即提醒我，她男人牺牲了。本来，她男人马上要提营长了，徐丽娜也要随军了。没想到，发生了不幸，在执行任务时牺牲了。她现在一个人带着个三岁的女儿过，不容易。所以，千万不要提这个茬。

到徐丽娜家扑了个空，铁将军把门。小张说准在菜地。果然，徐丽娜正在地里忙活。嗬，这菜种的，快赶上"菜博园"了，琳琅满目、品种齐全。有茄子、辣椒、南瓜、西红柿、豆角、黄瓜等。绿油油、翠生生的，五彩缤纷、生机盎然。徐丽娜看着娇滴滴的，没想到干活倒是一把好手。

小张喊："徐丽娜、徐丽娜，找你有事。"徐丽娜听到喊声，放下手里的活，到旁边的小河沟洗洗手，拎一个篮子来到我们跟前。小张刚要给我们互相介绍，徐丽娜快言快语地说："我认识他，王小帅，他们那一届就他一个考上了县一中。我怎么听说你考上大学，没去?”没等我回答，她又问：“你认识我不?”

站在眼前的徐丽娜，一点也看不出是一个生过孩子的女人。更看不出是一个在田地里劳作的人，像个大公司的白领，亭亭玉立，散发着女人的芬芳。

“认识、认识”，我赶紧接茬。

听说我要办公司，徐丽娜狐疑地问：“你抓田鼠卖钱的事，咱们全乡可传遍了。你开公司不会是卖田鼠吧?”

“还真让您给说着了。”

“乡长支持你卖田鼠?”

“对!”我就把乡长一举三得的看法告诉了徐丽华。

徐丽娜由衷地感叹：“怪不得那么年轻就当乡长!”

种子站单独一个大院，比我想象的大得多、也好得多。到底是一个国营单位，办公室、宿舍、食堂、仓库样样齐全。基本办公设备都有，添置一台电脑就行。打扫打扫，粉刷一下，就可以开业了。

我看表已经十一点半了，就打电话给乡长，一是表示感谢，地方很满意；二是想请乡长吃饭，有事当面请教。乡长爽快地答应了，让我们找好地方告诉他。

我让小张和徐丽娜帮找地方。徐丽娜说：“如果不嫌弃，去我家，我这一篮子新鲜蔬菜。”看我要推却，又补充了一句：“我施的可都是农家肥，纯天然的绿色食品，饭店可是吃不到的。”我有些心动：“那乡长那?”

“我同他说。”

“那你们先去，你家我知道怎么走，我去办点事，一会儿我自己过去。”

徐丽娜精明的要死，马上拦着我：“不要乱买东西，家里啥都有。”

我没听她的，到熟食店买了烧鸡、猪蹄、香肠、凤爪等一大包。又到超市买了两瓶好酒，一个“米老鼠”的书包，两手满满的来到徐丽华家。

乡长已经到了。看样子，乡长不是那种讲排场的人。这徐丽娜真是个手脚麻利的人，一会儿工夫，冷的、热的，已经做好四五个菜了。见我进院，徐丽娜迎上来，一边接东西，一边埋怨："叫你不要买，你就是不听。"看到书包，又微嗔道："孩子刚上幼儿园，你就给买这么大一个书包。谢谢啊!"徐丽娜嘴上说话，手并没停歇。切熟食码好，一边指挥小张摆桌子，上菜。一会儿，摆了满满一桌子。

乡长下午要自己开车到县政府开会，所以没敢喝酒。问我还有什么困难，说已和乡工商所、税务所打好招呼，为我一路绿灯。让我一边开业一边办手续。草草地吃了几口，让小张代表他好好敬我几杯，就急急忙忙赶往县政府。小张是个菜鸟，一瓶酒还没喝完，已经到桌子底下去了。倒是徐丽娜越喝越来劲，开了第二瓶酒。

我望着面色红润、热情开朗的徐丽娜感慨万千：徐丽娜种菜、请客展现的精明能干，让我佩服不已。尤其让我感动的是，一个女人摊上下岗、死老公其中的一件难事，都可能压垮。但徐丽娜在祸不单行的情况下，还能撑得住，确是难能可贵。这是有孩子牵扯，要不到外边闯世界，准能干成大事。我产生了邀请她加盟公司的想法。

"大嫂（本地风俗称结婚的女人为大嫂），我想请你来公司上班，行吗?"

"我比你小，叫丽娜就行。"

"你还没回答我呢!?"

"我愿意。"

"可是卖田鼠的!"

"怕什么？又不是让我吃田鼠。就不知我能帮上你什么忙?"

五

在乡长的鼎力支持下，在徐丽娜的帮忙张罗下，半个月后，在原来种子站牌匾的位置挂上了"王小帅贸易公司"的牌子，正式开张营业。

说是贸易公司，只做一样生意——买卖田鼠。老板一个，员工一个。我封徐丽娜为行政主管，但徐丽娜却跟别人介绍自己是老板的秘书。我不想给别人留下想象的空间，就屡屡纠正她。她死不改悔，还振振有词：

“一个老板有秘书才有派头，才说明公司有实力。”

开业后，我又招了两个小工，都是本村的自家兄弟。我向他们传授扒皮净膛、晾晒储藏的手艺。他们悟性不错，很快上手。我给他们开的是计件工资，加工一个田鼠一块钱。每天平均加工100个左右，一个月下来也有3000多元，这在当地是个不错的收入。

田鼠可以卖钱，消息一传十、十传百，不几天，全乡人都知道了。有时候，口头传播，比媒体广告强多了。正可谓“不着一字，尽得风流。”

每天上午一开门，人们蜂拥而至，男人、男孩都有。多者，卖三、五十个，少者，也有卖一、两个的。我无任欢迎。大人卖了钱，三、五知己到小酒馆小酌；孩子拿着钱到超市或买学习用品，或买零食。反正是无本买卖，大家出手都很大方。一时间，餐饮业、零售业生意红火起来。桂木乡的男人、男孩子的业余时间，不是抓田鼠，就是卖田鼠。田鼠成了人们只取不存的银行。

我每天忙着收购田鼠，徐丽娜凭我签字的单子付款，结账。两个小工扒皮净膛、晾晒储藏。到每个月底，我往广州送一次货。一切顺风顺水，不几年我就发了。年轻的乡长也升了，现在是乡党委书记了。

我成立公司的第二年，全县稻田鼠患成灾。严重的乡，减产一成多。唯独桂木乡，几乎没有受任何损失。为此，县政府通报表彰桂木乡，并奖励江城五十铃小货车一台。乡里又把它奖励了给“王小帅贸易公司”，当然是我啦！

田鼠的繁殖能力真强，怎么抓也抓不绝。桂木乡少了，我再到别的乡、镇收购。我专挑田鼠鼠患严重的乡、镇去收购。各乡、镇政府把我当成座上宾。

六

有钱后，我做了至今令人津津乐道的两件事。

第一件事，为我初中的母校——桂木中学修建了标准的塑胶跑道田径场，又购置了一批教学设备和体育器材。桂木中学的办学条件一跃成为全县乡镇中学中最好的。

第二件事，我花了 10 万元收购了种子站。

种子站解散时，乡里曾以 2 万元的价格卖给职工，没人要。向社会招标，也无人问津。我却以高出五倍的价格购买，当时，有人觉得我有点傻蛋，钱多烧的。现在，有人出 50 万元购买，人们又说我太贼了，甚至怀疑年轻的乡长，现在的乡党委书记是不是收了我什么好处。

年轻的乡长，现在的乡党委书记，用这笔钱修建了桂木河大桥，解决了桂木河两岸居民过河难的问题。大桥参照古代的赵州桥的样式，一个三孔的石拱桥。

乡亲们知道，这桥虽然不是我修的，但钱我有关，就都亲切地把桂木河大桥叫“帅桥”。时间长了，全县人都知道桂木乡有一个“帅桥”。不知情况的外地人，还真以为是哪个元帅出钱修的桥呢！

桂木河是一条不大不小的河流，发源于十万大山。两岸水草茂盛、野花遍地、柳树成荫。河水清澈，不时可见鱼、虾、蟹游过。是乡里青年人谈恋爱的好地方。如果有一天看到一对青年男女谈恋爱的地方从河边转移到“帅桥”上，就是向全乡宣告：他们已经是正式的一对啦！

有一个诗人到桂木乡体验生活，喝多了，跑到河边呕吐，引起了一片惊叫。诗人回到宿舍，马上赋诗一首：

无题

昨夜饮酒过度，
误入柳岸深处。
呕吐、呕吐，
惊起鸳鸯无数！

七

又一次到深圳送货，见到老板照样叫大哥。但老板不干了，说是要叫大叔。

“为什么？”

“我女儿小曼有对象啦！”

“这和我有什么关系？”

“你知道她对象是谁？你弟弟，王小雷。”

啊！电视剧上的情节怎么出现了？老板的女儿我见过，是一个单纯、善良、漂亮的女孩。

老板告诉我，他女儿也在“广州外语外贸大学”读书，与王小雷同届不同专业。女儿说，她第一次在学校见到王小雷，还以为是小帅哥，但仔细一看，比小帅哥年轻，猜有可能是小帅哥的弟弟——王小雷。听老爸说过，小帅哥的弟弟好像也在“广州外语外贸大学”上学。决定试一试：“嗨，王小雷，你好!”

忽然有个靓女同自己打招呼，王小雷赶紧应答：“哎，你好!”

小曼看到王小雷疑惑的目光，继续逗他：“不认识啦？你家不是住桂木村吗？你哥哥叫王小帅。”

王小雷觉得自己碰到女巫了，因为他确信，这个女孩从来没见过。

咯、咯、咯，小曼看到王小雷蒙头蒙脑的样子，得意地笑了起来。王小雷觉得自己被耍了，有些气恼。小曼怕他真生气，赶紧揭谜底。

弟弟感到很惊喜，因为我的关系，他早把老板当成一门亲戚了。有了这层关系，两个人联系自然多了起来。日久生情，水到渠成。

我双手将酒杯举过头顶，恭恭敬敬地叫了一声：“叔”，一口干掉。

弟弟毕业后在广州工作。结婚的房子，我替他付了百分之七十的房款。剩下的百分之三十房款是他岳父赞助的。

我死后，弟弟把父母接到广州，一起生活。

八

自从有了江城五十铃货车，再去深圳送货就自己开车去了。每次都空返，我觉得浪费，就琢磨再干点啥。

一次，到深圳送完货，返程在虎门镇一个小饭馆吃饭。邻桌几个

北人，正在喝酒。听他们交谈，知道他们都是做个体服装生意的。在广州订好货后，再到虎门镇转转。我脑袋灵光一闪，东北离广州八千里路遥，来一趟，又吃又住，再加上交通费、运输费，这么大的成本，还能吸引他们来，这说明做服装生意利润空间还是蛮大的。而我，这些费用通通

可以节省。他们能做，难道我做不得？

我赶紧买了一支东北产的“龙泉春”高度白酒，送给几个东北大哥。东北大哥喝高兴了，把做服装的窍门全都说出来。广州是中国服装的集散地。广州服装物美价廉、时尚前沿，从改革开放之初到现在，一直引领着中国大众服装的潮流，老百姓趋之若鹜。这就是他们大老远跑到广州进货的原因。

九

我考察整个县城的服装市场，经营广州服装的商家还真没有。他们的衣服同广州货相比，又贵又土。我满街转悠，想找一个合适的门店。刚转到正阳街，后边有人拍我肩膀：“嗨，王小帅。”我回身看到一个身材高挑、瓜子脸、大眼睛、柳叶弯眉、樱桃小口，穿着时尚的靓女。谁呀？美女见我傻愣愣的，嗔怪道：“老同学，不认识啦？”

“你是……”

“张红梅。”

“是你呀？我还以为哪个明星呢！多少年不见了？你啥时候来的？”

“什么叫我啥时来的？我就住在这里。”

“你家不是早搬到省城去了吗？”

我读高中的时候，我们县有一个支柱企业——春茧纺织厂，省属单位，厂党委书记和县委书记平级。那个厂长就是张红梅的爸爸。张红梅那时是个骄傲的公主，同学两年，没说过一句话。高二那年，张红梅的爸爸调回省厅任副巡视员，张红梅随父母去了省城，再也没见过面。

“你是不是想和我一直在大街说话呀？”

“对不起，那边有个西餐馆，东西不正宗，但环境还可以。”

坐下后，张红梅告诉我，父亲调回省城工作，哥哥因为已经结婚了，所以不能随迁。分给爸爸的厂长小楼也就一直留给哥哥住。后来房改，就把它买下来了。前两年，哥哥出国了，房子一直空着。父母退休后，图小城市清净、空气好、房子宽敞，就搬回来了。

“听说你去了深圳？”

“是，我在中国服装学院混了两年，毕业后就跑到深圳去了。还处了个对象，是本地人。”

“那你怎么又回来了?”

“父母年纪大了，身体不好，哥哥又出国了，身边没人照顾，我只好回来喽。”张红梅像外国人一样耸了耸肩。

“对象呢?”

“吹了。”张红梅口气轻松，一点也看不出失恋的痛苦。

“别光问我，你都这把年纪了，怎么还不找对象啊?”我很诧异，刚见面，她怎么知道我没对象呢？迎着我疑问的目光，张红梅很得意：“我还知道你现在卖田鼠发财了。”

她怎么什么都知道哇？这个女人是不是美国中情局的?!

看到调皮的张红梅，我忽然想起她说自己是学服装设计的，开服装店，这不是现成的合伙人吗？我把开服装店的想法同张红梅一说，张红梅高兴得一拍桌子：正和吾意!

我两个当下议定：资金各出一半，各占百分之五十的股份。我负责进货，她负责经营。利润五五分成。服装店开业后，生意红火。但半年后，我就占了百分之百的股份，因为张红梅成了我老婆。家安在了县城。一年后，张红梅给我生了一个大胖小子。

分别前，张红梅告诉我两个小秘密：第一个是她现在改名叫张菁菁了；第二个是徐丽芳是她表妹，每次到县城办事，都到家里坐坐，送点新鲜蔬菜。

难怪门清!

十

自从王小帅贸易公司出现后，李铁锤就处处不顺。先是李家十几年树起的名头，一夜之间就被王小帅给盖过去了。更让李铁锤堵心的是，村里最好的一块宅基地，村主任批给了王小帅，说是乡长的意思。那块地，李铁锤一年前就申请了。为了拿到这块地，可没少给村长送肉，尤其是村主任爱吃的猪蹄子。这回全喂狗了!

王小帅娶了个在京城读过大学，在香港郊区（深圳）生活过，出身名门，长得如花似玉的大美人，更是让李铁锤羡慕嫉妒恨。本来，村里有不少姑娘想嫁给李铁锤，李铁锤想选一个贤惠、俊俏的姑娘结为连理。现在，让王小帅一刺激，这些土妞全看不上了。发誓要找一个才貌双全的女人。

这人比人，能气死人！老子起早贪黑的，才攒下这份家业。他王小帅卖个老鼠就发财了。老子到现在还光棍一条，他小子家里有一个明星似的老婆，还带着徐丽娜到处招摇。

不行，老子要扩大养猪规模，再开个熟食店，一定要超过王小帅。为了激励自己，在自家客厅的墙上，歪歪扭扭地写下一行字："干掉王小帅，夺回首富位!"

十一

公司成立后，李铁锤有时到乡里赶集，或者办事，偶尔也来坐一下。认识徐丽娜后，差不多天天来。不知道的，还以为在我这上班呢！说是来看我，傻子都知道，他是在追徐丽娜。我觉得这件好事，徐丽娜一个人带个孩子，不容易。就劝她考虑考虑。徐丽娜回答很干脆："不考虑，一身猪屎味。"嫌他粗鲁、没文化。我再劝，徐丽娜意味深长地看了我一眼，口气幽幽地说："姐夫，你就这么盼着把我嫁出去?"我没敢接茬，她可是烈士家属、张菁菁的表妹啊！

李铁锤是我们村第二个盖小洋楼的人，家境殷实，又是一个童男，原以为追一个带"拖油瓶"的小寡妇，是手拿把掐的事，没想到碰了一鼻子灰。他不从自身找原因，认为是我坏了他的好事。这男人到年龄不结婚，脑子容易憋坏了。

李铁锤这个人最大的一个优点就是脸皮厚，对徐丽娜屡败屡战。

徐丽娜认为李铁锤虽然有些粗鄙，但对自己倒是一片真心。现在这个社会，痴心的男人不多，就答应处处看。李铁锤大喜过望，带徐丽娜到乡里最高级的饭店吃饭，还买了一束鲜花。

李铁锤心中高兴，多喝了两杯，嘴就把不住门了："咱俩结婚以后，你就不要在王小帅那干了！我卖肉，你收钱，好歹是自家的买卖。这姐夫、小姨子、老板和秘书在一起，时间长了，准出事。”

徐丽娜越听越气：“李铁锤，你他妈说的是人话吗?”抓起鲜花摔到他怀里，恨恨地说：“给点阳光就灿烂！酒都喝到狗肚子去了。”拂袖而去。

李铁锤傻了。

李铁锤带着剩下的酒、菜，回家继续喝。李铁锤琢磨，一提王小帅，徐丽娜就生那么大的气，说明他和王小帅肯定有事。王小帅真他妈不是个东西，老子还没结婚就给老子戴绿帽子！这种害人精就该除掉。站起来，把墙上的“夺回首富位”五个字涂掉，只剩下：“干掉王小帅!”

李铁锤对自己的壮举很满意，迷迷糊糊间似乎真的把王小帅干掉了。横在他和徐丽娜之间的障碍消除了。“我对你爱、爱、爱，爱不完……”李铁锤哼着小曲，歪倒在床上，紧紧地抱着枕头，以为是抱着徐丽娜，香甜地睡着了。

过了几天天，李铁锤向唐二牛讨要欠债，唐二牛赖皮。李铁锤要好好教训他一顿，王小帅路过，劝解开了，并做了担保。

李铁锤一看见王小帅，气就不打一处来。哪都有你?属穆桂英的，阵阵少不下。你那些破头衔，什么“政协委员”、“县青联常委”“回乡创业先进典型”等等，吓唬别人行，老子才不尿你！现在神气了，小时候打架，哪一回不是老子帮你?王小帅做担保，李铁锤本不想给他面子，但为了徐丽娜，最后还是忍了。

十二

一晃，两个月到了，唐二牛还是没还钱，李铁锤找我这个担保人要钱，这事我都忘了。其实，那天所谓的担保，就是我看他两个要打起来了，劝架随口那么一说。既没郑重承诺，也没有有签字画押。但李铁锤不依不饶，同我讲道理：“甲企业给乙企业担保，乙企业破产了，是不是得找甲企业?”我懒得和他争辩，就同他一起去找唐二牛。

唐二牛回答得很干脆：“我没钱。他找你要钱，那是你们两个人的事。反正这个担保人也不是我请来的，是自己送上门的。”听听，这是人说的话吗？来的路上我还在想，如果，唐二牛真没钱，我可以替他还债。至于他什么时候还我，那无所谓。村里人借我钱的人多了，我都是有了就还，没有拉到。但要是这么说话，我有钱宁肯喂狗，也不借给唐二牛这狼心狗肺的东西。

李铁锤更有理了：“甲企业给乙企业担保……”

我打断他的话：“这根本是两码事。我问你，一个企业破产了，是不是这个企业就没了？唐二牛没了吗？这不在这好好地站着吗？”

“那、那你也不能说话不算数，我就找你要。”

“睬你都傻！”我骂了一句广东话，开车走了。我咋遇到这么两个混蛋，真是一对奇葩！

李铁锤冲着我的背影喊：“王小帅，你就是一个说话不算数的小人！”回到家里，看到墙上“干掉王小帅”五个字，像看到王小帅一样：“早晚让你知道老子的厉害！”

十三

我家对门邻居李老师是县电大讲师，儒雅，有学问，长的也挺拔份儿。李老师爱人生孩子难产，大出血，死了。现在他一个人带着儿子过。我看李铁锤和徐丽娜没戏了，就把徐丽芳介绍给了张老师。双方见面后，都比较满意，很快确定了恋人关系。

十四

李铁锤听说我把徐丽娜介绍给了张老师，都要气疯了。破口大骂：“王小帅，你个王八蛋！比他妈蒋介石还坏！”也不知道蒋介石怎么惹到他了。把“王小帅”三个字用红笔打了个叉。

十五

今天是周五，我爱人来看我。给徐丽娜带了东西，就先去了她家，叫我过去一起吃饭。我把公司清理了一下，锁上大门，去了徐丽娜家。

在徐丽娜家吃完晚饭，又聊了一会儿，回到宿舍已经十点多了。临走前，徐丽娜非得把自己最喜爱的帽子送给她表姐。我爱人挎着我的胳膊回到了宿舍。

我和爱人简单洗了洗，就开始干夫妻那点事。也许是换了环境，我和张菁菁都很尽兴。

十六

这对狗男女快活够了，死期也就到了。李铁锤恨恨地想。

李铁锤快吃晚饭的时候，来找王小帅，质问他为什么要把他和徐丽娜分开？远远地看到王小帅去了徐丽娜家。这是去幽会呀！老子今天非捉奸不可！

十点多了，朦胧的月光下，看到王小帅同一个戴帽子的女人挎着胳膊回宿舍。李铁锤知道，全乡只有徐丽娜一个人有这种帽子，是她老公从青海给她带回来的。

这对狗男女胆子也太大了！这王小帅简直是个人渣，你不是把徐丽娜介绍给你邻居了吗？怎么还干这种猪狗不如的事？李铁锤本来是捉奸泄愤，让我和徐丽娜丢人现眼。但看到我和徐丽娜（其实是张菁菁）敢在大街上挎胳膊，说明不怕别人知道。李铁锤一想，现在没人把男女睡觉当成一回事了，连“通奸”罪都取消了。告官也没用，王小帅这小子是个个体户，党纪、政纪管不着，这种事你还真拿他没办法。哎，这是什么世道？

李铁锤有些泄气，回到家里，从锅里捞出一个猪蹄子，找了一瓶白酒，闷闷不乐地喝起来。一瓶酒很快见底了，恍恍惚惚之间，墙上：“干掉王小帅”五个字，变成了王小帅的脸，充满了嘲笑和讥讽。

操你妈！李铁锤把酒瓶子摔到王小帅的脸上。老子得替天行道了！李铁锤一脚踹开房门，拎着杀猪刀，消失在黑夜中。

李铁锤等我和张菁菁睡熟了，翻进院子。一脚踹开宿舍的门，打开灯，嘴里骂着：“王小帅，你这个狗日的”，一刀扎在我的胸口。到底是杀猪的，又准又狠，一刀毙命，我还没来得及问什么。张菁菁吓坏了，只知道拼命喊："来人哪！杀人啦！"也不知道打110、120。李铁锤也傻了，床上的女人不是徐丽娜！

李铁锤不理会张菁菁的喊叫，呆呆地立在床前，鲜血顺着杀猪刀的刀尖，滴答、滴答，滑落在宿舍的水泥地上，溅起一朵朵桃花。

后记

我死后半年，徐丽娜和李老师结婚。婚后，李老师承担起全部家务，包括照顾孩子。好在轻车熟路，用他自己的话说：一个羊也是赶，两个羊也是放。徐丽娜把全部精力放在公司经营上。

李铁锤判处死刑，注射死亡，是当地首例。李铁锤活着时处处被我压着一头，这回到那边可有第一可吹的了。不像我，被人杀死的，自古有之，就像武松杀西门庆一样，稀松平常。呸、呸、呸，我怎么给自己扣屎盆子?！明明是窦娥嘛，怎么说成西门庆啦?

张菁菁不愧是在深圳闯荡过的人，凶杀现场虽然受到惊吓，但经过一段时间调理，很快就恢复正常了。不但服装生意没受到影响，王小帅贸易公司也管理得井井有条。通过王小雷，把销售渠道重新理顺。公司股份分成二份：张菁菁占百分之五丨，任董事长；徐丽娜占百分之三十，任执行董事、总经理；王小雷占百分之二十，独立董事。

王小帅不在了，但桂木中学还在，"帅桥"还在，王小帅贸易公司还在，桂木河还在欢快地流淌……

尘世了了，我的灵魂可以安息了。我沿着桂木河，溯溪而上，飘到了十万大山。我要找一个左青龙、右白虎、前朱雀、后玄武的地方，静候来生！

7 墓地倩影

题记：墓地是人生的终点，但一个妙龄女郎却从这里出发，开启了自己的梦想之旅。

“我们这闹鬼啦!”吃饭的时候，小叔没头没脑地冒出了一句话。

“扑哧”，我一口饭喷在桌子上。

“你别笑，是真的。”小叔急得一跺脚。

1

20 世纪 90 年代初的一个周日，我到梅林水库小叔处度周末。小叔和我年纪相当，一起玩儿大的。后来，我上大学了，小叔成了一名深圳公安边防战士。退伍后，被招聘到深圳水务集团，被分配到梅林水库当管理员。

2

梅林水库坐落在梅林一村旁。提起梅林一村，深圳人没有不知道的，是居住公务员最多的一个小区，一个有几万人，人气最旺的超大社区。但在 20 世纪 90 年代初，梅林水库一带还是比较荒凉的，没有几户人家，还是一片原生态风景。

梅林水库三面青山环绕，草木葳蕤，郁郁葱葱，浓绿欲滴。到处是一片片不知名的野花，红的、紫的、黄的、白的、蓝的，五彩缤纷，竞相绽放。阔大的大坝护坡绿草如茵、繁花点点、小虫呢喃、风吹草低，有点草原风光的意思。大坝内，一泓碧水，清澈见底，清风徐来，波光潋滟。忽儿有鱼儿跃出水面，啪的一声，又落入水底，荡开一圈圈涟漪。拴在水边的小船，随着水波荡来荡去的。

坝底是一条小河，河里有很多坑螺、小鱼、小虾。

我有空就往小叔这跑，我深圳就这么一个亲人，又是一起长大的。更重要的是到小叔这能牙祭。整天吃饭堂，闻到饭堂味，就想吐。每次到小叔这来，小叔都做鱼给我吃。再说，这里山清水秀，给我的诗歌创造作带来了灵感。

我是一个理工男，但我天生具有文人的悲悯情怀。我忧郁啊！我非常忧郁啊！我要用诗歌这种艺术形式，来表达我的心声。为了实现我的理想，我从上大学开始，一直到今天，都笔耕不缀。虽然到今天还一首没发表，但我坚信自己是千里马。只是千里马常有，而伯乐不常在！时耶？运耶？

每次来，都是先绕着水库转一圈，呼吸一下山野的清新空气，采一把野花捧着手里，或卧躺在大坝护坡的草地上，看云展云舒；或静做在小船上，随波逐流，构思我伟大的诗作。

“诗人，吃饭了！”小叔在喊我。虽然有些调侃的味道，但我还是喜欢小叔这么叫我。

3

晚饭很丰盛，有红烧大鲤鱼，炒坑螺，韭菜炒河鱼仔、河虾仔，鸡蛋炒西红柿。都是就地取材，大鲤鱼是水库里的（当然是要给钱的），坑螺、河鱼仔、河虾仔是下边河里捞的，鸡蛋是自己养的鸡下的，韭菜、西红柿是自己种的。

我大快朵颐，正吃得高兴。小叔问：“要不要喝点酒？”我说：“好哇！”小叔起身把做菜剩下的大半瓶“九江双蒸”米酒拿过来，倒在两个茶杯里，一碰杯，喝！大半瓶米酒很快见底了。微醺的小叔忽然很神秘的样子，压低嗓门说："我们这闹鬼了。"我把饭笑喷到桌子上。小叔说："你别笑，是真的！"看小叔一脸正经的样子，我不敢笑了，认真地听小叔说。

小叔拉着我走到屋外，指着对面山坡说："那有一片墓地你发现没有？"我说："早看到了，但没去过。"

墓地在水库管理处对面山的半坡上，与管理处所处的位置高度差不多。墓地依山傍水，真是一块宝地。管理处与墓地之间隔着一个山谷，一条小溪蜿蜒流淌，与大坝坡底的小河汇流，变成了梅林河，东流入海。两河交汇处，有一块十几米高的巨石，溪水从巨石跌落，玉珠飞溅，成了一个小小的瀑布。经年的冲刷，瀑底形成了一个水深一米左右，三十平方米大小的积水潭。小叔说里面有娃娃鱼，他几次都听到像婴儿哭声一样的娃娃鱼叫声。我去捉了几次，连个娃娃鱼的毛也没见着。里面倒是有很多坑螺。从管理处到墓地，看着不远，但走过去，要先下到谷底，再爬坡，有三里多地。

小叔说，昨天晚上，发现鸡少了两只，就往东边找，快接近墓地时，忽然发现有鬼火，还有一个女鬼的身影。小叔吓得屁滚尿流，连滚带爬地跑回屋子里，一头钻进被窝里，头都不敢露出来。

小叔的讲述，激起我强烈的好奇心，我睁大眼睛，看墓地有没有鬼火。墓地漆黑一片，连个萤火虫都没有。我失望地准备离开，忽然，墓地升起一团光亮，真的有鬼?！我拉着小叔去看个究竟。小叔死活不去，我说你这几年兵算是白当了。你不去，我自己去！我拿上小叔的菜刀和从部队带回来的军用手电筒，一副天不怕地不怕的样子。

4

在走向墓地的路上，阴森、恐怖、青面獠牙的字眼，蒲松龄《聊斋志异》描写的狐妖鬼怪的画面，不断在我脑海里闪现。我几次想退回，但终究敌不过年轻人的好奇心和好强心，硬着头皮，战战兢兢地向墓地进发。

我手握钢刀（菜刀），心怀朝阳，嘴里背诵毛主席语录：“下定决心，不怕牺牲，排除万难，去争取最后的胜利！”短短的几里山路，我却像跑了个20公里越野赛一样，几乎累虚脱了。

好大的一片墓地。一排一排的，规格统一的水泥墓室，有点像集体宿舍。墓室门脸雕刻着松柏树枝、仙鹤之类的图案。墓室都是拱形进出口，一米五高，弯腰才能进去。墓室里，和普通的水泥房子差不多。村民的墓地，和我们常见的公共墓地不太一样。公共墓地，一块一米见方的基座，周围栽种一圈灌木。基座下埋着骨灰盒，基座上竖着碑，碑上刻有后人拜立的字样和先人的遗像。

当地村民在老人仙逝后，先土葬。几年后，尸体腐烂了，再把先人的骸骨敛起来，装在坛子里，用水泥做一个永久墓室，安葬先人。大户人家，或是有权有势的墓地，有的占地方圆几公里，像一个地宫。

5

墓地被黑暗包裹着，一个个墓室的门像巨兽张开的大口，随时要把人吞噬。只有最右边的那个墓室发出光亮。烛光下，一个长发少女秉烛夜读。是一本英语托福考试教材。看见我，淡淡地打了个招呼：“来了。”

《倩女幽魂》?！你别说，这个女孩子长得还真的有点像《倩女幽魂》演小倩的王祖贤。高高的个子，修长的双腿，大大的眼睛，只是嘴比王祖贤小了一点。

流浪女？精神病患者？狐仙?

流浪女，不像。女孩子虽然简简单单地穿了一件白T恤，一条牛仔裤，一双国产运动鞋，但浑身上下透着清爽。

精神病患者，也不像。举动轻盈，眼波流动，一看就是一个精明的女子。

肯定也不是狐仙！女孩子虽然堪比小倩，但我发现她烛光下有影子，脸上有下巴，一条牛仔裤把屁股包得浑圆，里面肯定没有窝藏尾巴之类的东西。

虽然知道是一个活活生生的人，但一个女孩子独自一人待在荒郊野外阴森的墓地里，总是让人觉得很诡异。

我脑子里充满了太多的疑问，刚要张嘴，女孩子已经吹灭蜡烛，用一块木板挡在了墓室的门口。这是在下逐客令。我带着满腹疑问，一步三回头地走下山去。

6

疑问整整折磨了我一个星期。

我在电子研究所工作，单位在特区关外，来梅林要转几次车，平时没法来。好容易熬到周六下午休息，午饭买两个面包对付一下，就往小叔这赶。

夜幕降临，我胡乱地扒拉了两口小叔做的饭，就跑到屋外，不停地向墓地张望。

月光如水，清辉映照，静静的月光下，梅山像身披轻纱的少女，朦朦胧胧，若隐若现。

我等了一个多小时，墓地还是不见一丝光亮。我再也等不下去了，拿起小叔的军用手电筒，走向墓地。快接近积水潭时，忽然听到传来动物在水里活动的哗啦、哗啦的声响。娃娃鱼！我兴奋极了，几步窜到潭边，准备下水捉鱼。忽然听到啊的一声尖叫，一个白花花的身子蹲缩到水里。是女人洗澡?！我吓得一屁股坐在地上，手一扬，嗵，军用手电筒甩到水里去了。我脑袋一片空白，爬起来，跌跌撞撞地往回跑。

7

军用手电筒是小叔从部队带回来的心爱之物，听说掉到水潭里了，心疼得要命。满屋找照明物，要去积水潭打捞。我说明天再找嘛！明天？泡到明天那手电筒还能用了吗？小叔第一次跟我发火。

梆、梆，传来敲门声。小叔打开门，门外站着那天在墓地见过的那个女孩儿，头发有些湿湿的。女孩儿还是牛仔裤、运动鞋，上身换了件绿色T恤。亭亭玉立，真像一支出水的芙蓉。我脸臊得通红，不敢抬头看女孩儿。

小叔问“你找谁？”

“我是来送手电筒的。”

“手电筒？不是掉到积水潭里去了吗？怎么在你手里？”

“是这样的……”

我一看不妙，怕女孩儿说出我糗事，就一步抢到女孩儿面前，接过军用手电筒，丢给小叔，连声说：“谢谢啊！谢谢啊！”“我送送你。”拉起女孩儿就走。小叔在后面喊：“小军，什么情况？请人家姑娘进来，喝口水嘛！”

我拉着女孩儿一口气跑出好远，一屁股坐在大坝护坡的草地上。女孩儿挨着我坐下，我挪了挪屁股，拉开了距离。咯、咯、咯，女孩儿看到我狼狈的样子，笑了起来。我也挠着脑袋，嘿、嘿跟着姑娘傻笑。

忽然，女孩儿板起面孔：“说！为什么偷看我洗澡？”

“不、不、不是，”我拼命摆手解释：“我以为是娃娃鱼。”

“娃娃鱼？”

“是，小叔说水潭里有娃娃鱼。我听到水潭里有稀里哗啦地响声，以为是娃娃鱼出来了呢，就跑了过去。”

咯、咯、咯，女孩儿再也绷不住了：“你可真逗！还娃娃鱼呢？你看我像娃娃鱼吗？”

“像！”“不、不、不像。”

“我看你也是个老实人，要不，也不会吓成那样。给，擦擦汗。”女孩儿掏出一包纸巾，抽出一张递给我。

我小心翼翼地问：“你叫什么名字？”

“刘小倩。”

“真叫小倩?!”我这一喊，把小倩吓了一跳：“什么情况？”

8

小倩，四川人，老家在川西，革命老区，红四方面军根据地中心地带。父亲是当地烈士陵园的一名园丁。别看小倩才21岁，已经是一家大型电子厂的质检部部长了。

小倩18岁高中毕业，与复读两年的哥哥一同考上了四川大学。真是双喜临门！但全家只高兴了一天，就愁死了。

这些年，一直靠父亲微薄的工资养活全家。妈妈多年哮喘病，一犯病，咳嗽得整夜整夜睡不着觉。听到痰卡在嗓眼里呼噜呼噜响，别人都觉得憋闷和难受。

给妈妈买药，供三个孩子读书（小倩还有一个弟弟在读初中），家里已经空空的，实在无力再供两个孩子读大学。现实非常残酷，两个人只能有一个上大学，一个打工，帮补家里。

哥哥说，让妹妹去吧，我都拖累家里两年了。我是长子，理应帮助父母分忧。

妹妹说，哥哥是刘家的顶梁柱，不读大学，怎么给刘家光宗耀祖啊？为了表示自己的决心，一把将录取通知书扔进了火塘。哥哥想抢回来，已经化为灰烬了。

无能啊！无能啊！父亲老泪长流，全家哭成一团。

9

小倩成了深圳百万打工大军中的一员。在上梅林凯丰工业区的一家美国人开的电子厂做工，算是和我同行，

二十世纪八九十年代，“三资”企业资本家对工人最好的是来自讲民主、自由、人权国度的欧美老板；其次是日本人。日本人精明，但正因为精明，才舍得在工人身上下本钱；最差的是港澳台老板，还像对待“包身工”一样对待工人。最不是东西的是那些因为家庭问题，文革期间被整过，后来偷渡到香港，攒了几个臭钱，趁着改革开放，回到大陆装大尾巴狼。对待工人，像地主还乡团对待翻身农民一样。小倩有幸遇到一个爱才的美国佬。

小倩文化素质高，心灵手巧，学东西上手快。又肯吃苦，很快脱颖而出。一年后成了组长，两年后成了拉长，三年后成了质检部部长。现在，公司又准备送她到美国培训两年。她现在正准备托福考试。

10

正聊得起劲儿，小倩忽然站了起来：“不和你聊了，我要回去看书了。”我知道小倩回去的地方是墓地，就说：“我送送你。”小倩默许。

路上，我问：“你为什么在墓地看书？”

“躲清静呗！”

“这么简单？”

“你不知道，我们的集体宿舍，几十号人挤在一起，上个厕所都得排队。冲个凉，更是要等一、两个小时。别看是女生宿舍，睡着了，也是千姿百态。打呼噜的、磨牙的、放屁的、说梦话的，你根本没法看书。”

“那你是怎么发现这个地方的？”

“有一次和小伙伴爬山，遇到大雨，我们跑到墓室躲雨，我就记住这个地方了。”

“你不害怕吗？”

“小时候我常到烈士陵园玩，早就习以为常了。”

“那能一样吗？这荒山野岭的。我听小叔说，这山上有野猪和毒蛇。”

“我最怕蛇了。”小倩一下子抱住了我的胳膊。没想到，这个敢独自一人睡在墓地的女孩儿，竟然怕蛇。

“再说了，你住在人家墓地里，扰人先人清梦，让当地村民知道了，肯定轻饶不了你。广东人别看做生意时，满面笑容，一口一个老板叫着，但玩起狠的，照样血性十足。要不，为什么中国近代革命都发生在广东？”

小倩被我说得有点怕了，“那怎么办？”

我想了一下，有了主意：“去我小叔那吧！他那办公室一天到晚都空着。”

“那你怎么同你小叔说呀？”

“我就说你是我的女朋友。”我帮人心切，话没过脑子就说出去了。我怕小倩把我当成乘人之危的小人，赶忙解释：“纯粹说辞，我有女朋友。”

我应该算有女朋友，有个同事叫小玉，华南理工大学毕业的，一直在追我。我也觉得小玉不错，两个人的感情正处在月朦胧、鸟朦胧的阶段。

小玉是当地一个村主任的女儿，是他们村子深圳特区成立以来的第一个大学生。按照村里的政策，上大学时，奖励了20万元人民币。小玉家的楼在村子里最高最大，独门独院。院子周围栽种了一圈几丈高的大王椰子树，一棵1万元，有20多棵。

11

小倩被我说动了，同意到小叔那读书。我帮助小倩收拾东西。也就是几盘蚊香、几本书、一张凉席、一条毛巾被。用凉席一卷，就开拔了。

我问小倩："你这夜不归宿，你的那些工友就没说什么？"

"嗨，别提了，她们有的说我做鸡去了，有的说我被老板包养了。"

"那你没跟她们解释吗？"

"解释，你信吗？"

"那倒也是。那你不觉得冤得慌？"

"清者自清，浊者自浊。"小倩情绪有些低落："嗨，不说这个了，你小叔好不好打交道哇？"

"我小叔人可好了，像我一样老实厚道。"

"你还老实？老实还偷看我洗澡？"

"那不是误会吗？"

"谁知道呢！"

"你还敢说？胆儿肥呀！够前卫的，玩起天体浴来了"

"这荒郊野岭、黑灯瞎火的，除了你这个冒失鬼，没人来。"

"你这不是害我吗？"

"别得了便宜还卖乖。"

"找打！"

咯、咯、咯，一串银铃般的笑声回荡在夜晚的山谷。

12

我把小倩带到水库管理处，一口咬定小倩是我的女朋友，要借小叔贵方宝地读书。小叔也没多问，把办公室的灯泡换了个100瓦的。

当晚，我和小叔挤在一张床上，小倩在办公室的沙发上对付了一宿。第二天，我陪着小倩到笋岗桥（地下自行车交易市场）花30元钱买了一辆半新不旧的自行车。在以后的两个月时间里，小倩每天下班后，就骑着这辆自行车到小叔的办公室读书。深夜，再骑回宿舍。

小叔不知道小玉的事，一直以为小倩真的是我女朋友。我也没说破。问起手电筒的事，也被我含糊其辞地给糊弄过去了。

13

两个月后，我接到了小倩的电话。电话里传来小倩兴奋的声音："武军哥哥，我托福考试通过啦！"我也很高兴："太好啦！祝贺你！明天是周六，咱们庆祝一下。""好，我亲自下厨，做四川菜给你们吃。"

菜很丰盛，有"辣子鸡"、"水煮鱼片"、"尖椒炒坑螺"、"川味腊肠炒豆角"、"蒜香排骨"、"回锅肉"。鸡、鱼、坑螺、豆角是就地取材，其他的，包括配料，都是小倩采购的。

我路过村里的士多店，买了啤酒。本来想买红酒，可惜没有。

菜上齐了，我拿杯子，倒啤酒。被小倩拦住了："喝啤酒多没劲儿，喝这个！"说着，从桌子底下拎出两瓶"沱牌曲酒"。

"小叔，你这有白酒杯吗？"

"用啥白酒杯？就用这茶杯喝！"

吃菜！吃菜！来，走一个！杯斛交错，小倩反客为主招呼我们爷俩。

菜的味道相当地道，一点也不比川味大酒楼差。想不到，小倩厨艺水平这么高。

小叔喝酒最菜，一瓶酒还没喝完，就已经趴到床上了。我拿起第二瓶酒，问小倩："开不开？""开！"

两瓶酒见底了，小倩摇摇晃晃地站起来："我不行了，我到沙发那坐一会。""我扶你，"我去搀扶小倩，结果是小倩搀着我，跌跌撞撞地坐在了沙发上。

我俩像一对相依为命的老夫妻倚靠在沙发上。我有点睡意蒙胧，小倩摇晃我胳膊，“我是你什么人?”“女朋友”“你再说一遍!”“女朋友。”“这可是你说的。”“我说的。”沉沉地睡去。

醒来时，已是午夜时分。我身上盖着毛毯，小倩不知什么时候已经离去。

小叔也醒了。给我沏了一杯酽茶，不无忧虑地问：“小倩去了美国，不回来咋办?”“凉拌!”“严肃点！媳妇不要了?”“啥时成了我媳妇啦?她连我女朋友都不是。”“什么情况?”小叔正要把茶杯递到我手上，听我这么一说，气愤得把茶杯重重地墩到桌子上。乱弹琴！转身躺到床上，不再理我。

我说的时候还嬉皮笑脸，满不在乎的样子。但一说完，心里忽悠一下，五味杂陈，感觉到心正一点点被掏空。

14

小倩出国，走前我也未能见上一面。先是小倩出国前回了趟家，然后是我出差。我出差回来，她已经到了大西洋彼岸了。

小倩走前，曾经找过我，但不知道为什么出国后一直没同我联系。后来，我去她们厂子打听过，他们只知道小倩培训结束后，留在了美国总部工作。他们也没有她的联系电话。

小倩远涉重洋，走前也未能见上一面，我心里无比悲凉，挥笔写下了《彼岸》。看到桌子上有《深圳特区报》，随手就寄去了。没想到，竟然发表了。

我发表了人生的第一首诗歌，对我的诗歌创作具有里程碑的意义，但我却一点都高兴不起来。

15

时间过得真快，一晃，五年过去了。研究所从关外搬到了南山科技工业园。我也升官儿啦，成了所长助理。

周一一大早，我就做谈判前的准备工作。所里和美国一家公司有个合作项目，大的框架，所长在美国考察时已经同美国老板基本敲定，有些细节问题让我和美国公司的香港办事处的代表商谈落实。

我和所里的几名同事等在会议室。十点钟，美国公司香港办事处的代表到了，是一个中国人。高高的个子，修长的双腿，大大的眼睛，长得有点像《倩女幽魂》中的王祖贤。

“刘小倩”、“田武军”，我俩同时喊出对方的名字。

谈判自然是轻松愉快。双方签字后，我让所里的同事陪同与小倩一起来的美方代表吃饭，我和小倩找了一个清净的茶餐厅，我们俩都有很多的话要问对方。

16

“你啥时回国的?”

“我都回来快一年了”

“那你咋不同我联系呢?”

“我去过你们原来那地，你们不是搬了吗？问物业他们也不知道你们搬哪去了。”

“你家的情况怎样?”

“全是好事，妈妈的哮喘病被解放军巡回医疗队给彻底治好了，爸爸涨了工资，哥哥毕业分配到省政府工作，小弟弟也考上了大学。”

“小叔挺好的吧?”

“小叔挺好的，现在是管理处的主任了。娶了个客家妹，儿子都上幼儿园了。”

“你这个人怎么回事？怎么和我玩失踪啊?”

“你还好意思说，我不是留了纸条，让小玉转交给你，上面有我在美国的地址和电话。”

“纸条？什么纸条?”我明白了，心中恨骂：“这个败家娘们!”

“小玉没给你?”小倩一看我神情就知道咋回事了。但她好像并没有生气，似乎还长出了一口气。

我苦笑了一下。忽然想起她说小玉，就问“你啥时见到小玉的?”

“出国前，我想同你再见一面，这一走就是两年。另外，我也想当面问问，那天喝酒时说的话算不算数？你知道，我们电子厂是个女儿国，连蚊子都是母的。整天加班，也没机会同外界接触。你可是第一个看见我身子的男人，第一个拉我手的男人，第一个吃我做饭的男人。这在我们老家，凭哪一条你都得娶我。没想到，你出差了。

小玉看是一个年轻的女孩子找你，拉着我问东问西的，眼睛里充满了敌意。最后，她告诉我，她是你的女朋友。我向你的同事求证，大家都说你们俩是一对。还告诉我，说小玉她们家的条件很好。最后，不无羡慕地说：田武军这小子真是傻人有傻福！

我一看，这酒话确实不能当真！我强忍泪水，最后，我都不知道怎么走出你们单位的。

我刚到美国，人生地不熟的，我都快憋疯了。我是多么盼望能听到你的一声问候，见到你的一页便笺啊！可你一点动静都没有。狗日的田武军，够狠的，不谈情说爱，难道做朋友也不行吗？哎，你耳朵没发烧吗？

我培训一结束，恨不得马上飞回深圳，但我一想到你可能早就和小玉结婚生娃了，就觉得忒没劲儿。正好总部留我，我就留下了。”

怪不得我出差回来，小玉不理我。看来，那张纸条不是被她撕了，就是烧了。

“小孩几岁啦？”小倩的问话打断了我的回想。

“什么呀？我现在还是老哥一个。”

“什么情况？”

小玉是家里的独生女，找对象唯一的条件就是男方要入赘。结婚的一切她们家全包了，要房子给房子，要车子给车子。

入赘，那不成了吃软饭的了吗？男子汉顶天立地，打死都不能干丢祖宗脸的事。

和小玉恋爱谈了三年，眼看要结婚了，就因为这，分手了。

我这个人，大学四年，整天神神道道地做我的诗人梦，根本没有想到找对象的事。小玉是我的初恋，我还是一个谁爱我我爱谁的青头愣。如果没有小倩的出现，我也可能就和小玉过一辈子了。真的要结婚了，我才发现，小倩在我内心深处早已柔情深种。小倩的经历叫我感动，小倩的奋斗精神叫我敬佩，小倩的气质、形象叫我入迷。不入赘，只不过是为分手找一个堂皇的借口而已。

我疯狂地思念小倩，我去电子厂找过小倩，去过墓地，去过积水潭，期待奇迹出现。

小倩一把抱住了我，泪水打湿了我的胸前。

“别光说我了，你是不是给我带一个洋妹夫回来?”

“有一个，分手了。这文化背景、民族风俗、生活习惯等等，差距太大，整不到一块。我现在也是孤家寡人一个”

我忽然感到大脑有些供血不足。我定了定神：“你把你最后一句话再说一遍!”

“孤家寡人一个!”

“那、那天喝酒说的话，还算不算数?”

“你说呢?”

8　杀猪菜

1

我看见20岁的我，大学放寒假回到老虎沟，坐在热炕头上，正和一帮屯亲喝“苞谷烧”，下酒的是“杀猪菜”。屋子里乳白色的热气弥漫，看不清对面坐的是谁，也不知道是谁家。

那时家家的粮食人都不够吃，猪能吃一顿糠就算过年了，所以只能吃野菜，想不绿色都不行。谁家杀个猪，炖“杀猪菜”，半屯子都能闻到香味。

我喝多了，迷迷糊糊地睡着了。忽然，有人叫我：“喂，醒醒，吃饭了。”

我睡眼惺忪，茫然四顾，这是哪呀？这不是家吗？可我分明闻到了“杀猪菜”特有的香味。我起身来到客厅，餐桌上还真摆着“杀猪菜”。

想起来啦，昨天周末，和一帮哥们在“东北人家”喝酒，光干杯了，菜没吃几口。“杀猪菜”最后上来的，一口没吃，小曼打包拿回来了。

2

我住在一个老旧的住宅小区，海沙盖的房子，质量很差。我的生活倒是和小区很匹配，呈倒退之势。五十多岁的人了，才混到一个区里的副局长（副处级），这马上又要改成调研员了。老婆因为烦我喝大酒，跟我离婚了。有一个女儿，澳大利亚留学后，嫁给了老外，澳大利亚定居了。因为我一直反对她妈把女儿当成公主养，都高中了，还车接车送的。所以，女儿跟我不亲，基本上没什么来往。跟她妈倒是母女情深！

来深圳奋斗了三十来年，女儿出国留学，花光了所有积蓄，只剩下两套房子。离婚了，那套七十五平方米的老房子归了我，总算还有栖身之地。

有一个三十多岁的同居女友小曼，壮族，来自广西边境的一个小城市。是个画油画的，兼修国画。她是一个专栏作家，偶尔也写诗。生活上同我 AA 制，一年有大半年时间写生和旅游。她的画作由一个画廊包销，听说卖得还不错。

家，家没啦；仕途，也到头了。权力越来越小，车却越坐越大。以前，当副局长时还有小轿车开；当了调研员，和大家挤单位的面包车上下班；后来，机关事务局为了节约能源，取消了各单位的班车，专门开设了几条线路接送大家上下班，我又改乘大巴了；现在，车改了，连大巴也取消了，我只能改乘地铁上下班了。真是王小二过年，一年不如一年！

3

何以解忧，唯有杜康。一夜宿醉，第二天早晨起来，头痛欲裂，又后悔，觉得真不该喝这么多。就赌咒发誓：我再喝酒就是王八蛋！到了中午的酒桌上，看到了酒，就自我解嘲：王八蛋也得喝。到了晚上，开始逼宫：谁不喝谁王八蛋！最后，给自己开脱：人是好人，酒是王八蛋！

小曼从来不管我喝酒，因为在她们那里，是个男人就喝酒。喝醉了，不打老婆、孩子，就是好男人。

“杀猪菜”我没吃几口，不是我记忆中的“杀猪菜”的味道。但却勾起了我对故乡的回忆。

4

我的家乡老虎沟，是长白山余脉，山高林密、苍苍茫茫、连绵起伏，是野兽的乐园。村子三十多户人家，一条弯弯曲曲的小路通向山外。冬天大雪封山，起码有两个月与外界隔绝。老虎沟人大部分都是猎户的后代，六七十年代还保留着冬天打猎的遗风。老虎沟早年出土匪；小鬼子来了，出抗联；解放战争出将军。就是不出文曲星。是一个崇尚武力、民风剽悍之地。

我是老虎沟考出去的第一个大学生。当时，村民对大学生这个词还很陌生。就打听："大学生是什么玩意?""大学生，和过去的举人差不多。""那老李家大小子全县考第一，不就是状元了吗？啧、啧，了不得!"

我至今还是老虎沟那帮黝黑孩子的生命灯塔。

5

来到深圳后，两件事为我蒙上了一抹传奇的色彩。老虎沟几个侄子辈的年轻人经常跑长途，为长春第一汽车制造厂送车到深圳。他们开的都是二十多米的长车，不让进特区。只能在宝安区，或者龙岗区交车。有一次，在宝安交完车，时间还早，几个人想到特区内见识见识。几个"老冒"不知道进关要办证，硬闯。就被南头特检站的武警给扣下了。他们电话打回老家，通过我父母找到我的电话。我赶紧找人，把他们放了。要请他们吃饭，因为车队要开拔了，他们谢绝了我的盛情，踏上了归途。

几个人回去后，就把我的事在老家传开了："这李勇在深圳也不知道当多大的官？连部队都管。你不知道，刚开始，特检站的人可凶啦。李勇一个电话，态度来了个一百八十度大转弯，站长亲自道歉，还要请我们吃饭，还要派车送我们去罗湖、福田。"

另外一件事是几个家乡县委书记县长来深圳参加完"东北土特产展览"后，要去香港。手续在家时就办好了，想找辆车接送一下。我找人把他们送到香港，过两天，又接回深圳。他们看到我的名片上有"深港文化交流协会副秘书长"的头衔，回去就说：李勇深圳、香港平趟。其实，深港文化交流协会就是深圳、香港几个文化人瞎起哄，玩玩儿的，没什么含金量。

事情说穿了，再简单不过了。特检站的事我找的是我们局下属单位刚刚转业的小崔，她老公是特检站总站副站长兼政治部主任，管干部的。我是科长，是小崔的领导，小崔是她老公的领导，因此，小崔老公给南头特检站站长打电话时不好说是老婆的命令，就变成了领导的领导的亲戚。站长一听这么大的来头，赶紧亲自去放人。

香港那件事更简单，开车的是我的小舅子。他在深圳市总商会当车队长，是他们单位往返香港的专职司机。他们单位的办公室主任是我哥们，我送了两瓶好酒，帮帮忙啦！往返香港的费用，都是我个人掏腰包。我也是第一次求我小舅子，平时我去香港，还不是要到海关排长队去。

我就这样莫名其妙地被摆上了高台，还不好下来。

6

“李大能人”这么神通广大，找帮忙的人自然不少。大到县里的招商会，小到去中英街“特别通行证”，最多的是给大学毕业的孩子找工作。

小小的“特别通行证”叫我苦不堪言。一个证5 个人，持证人10 元，其余4 人每人5 元，一个证就要30 元。那是，我在市委机关一个月工资才200 多元钱，一个月办两回证，我半个月工资就没了。我又是那种没任何根基，从农村考出来的大学生，靠死工资过日子的人。

东北人实在，从来不把自己当外人。给孩子找工作，空着手就来了。搞得我自己掏腰包，跑到吉林省驻深办事处楼下的“东北特产店”买人参、鹿茸、榛蘑、木耳等，去感谢那些帮忙的人。其实，我们那榛蘑、木耳多了去了，就是个家常菜。

老婆最烦我打肿脸充胖子。做男人有情有义，我欣赏。为老家人帮忙，我也没意见。但影响咱们家的正常生活，就有些过了。

7

“欧巴（韩语大哥的意思），想什么呢？”小曼洗完碗筷，一屁股坐在我身边。这小娘们，还哈上韩了！

我一下子来了兴趣，“你不是写生吗？啥时我带你回老家，那才叫美呢！”

春天来了，冰雪消融，万物复苏，一派生机。梨花、樱花、李花竞相开放。绿草如茵，野花遍地，满山遍野花团锦簇，尤其是生长在崖畔上怒放的桃花，更是迎风摇曳，美不胜收。

深秋，万物霜天，层林尽染，山野开始“五花山”了。“五花山”，顾名思义，就是五颜六色的意思。红了枫树，绿了松树，黄了橡树……整个山野色彩斑斓，景象万千。任何高明的画家描绘这幅图画，都会挂一漏万。

雪后初霁，白雪皑皑，刺得人睁不开眼睛。林海雪原上，一株山里红树傲然挺立，经过风吹雨打，树叶已经落光，那些瘪粒、蚊叮虫咬的山里红也已跌落。树上只剩下颗粒饱满、充满质感的硕果，在阳光下，像红玛瑙一样，熠熠生辉。树上，小鸟喳、喳地叫着，地下，小鸟一蹦一跳的，走出一个个“个”字形的脚印。空旷、寂寥的雪地一下子生机盎然起来。

“你等等!”半听半瞄着电视的小曼忽然跳起来，跑到书房拿来画夹子唰、唰地画起来。你别说，这小娘们功底还真不错，作品挺有表现力的。一会儿工夫，“老虎沟春山图”、“五花山图”“雪后初霁图”跃然纸上。

8

看到小曼把我的家乡画得那么美，我的兴致更高了，又给她讲起了我们村口那颗老榆树。老榆树，200多岁了，树干3人合抱不拢，树冠直径有三、四十米，像一把巨伞，投下浓浓的绿荫。是村里人们聊天、唠嗑、聚会的好地方。更是孩子们的乐园。

春天来了，老榆树上，挂满了一串串榆钱，又大又嫩又甜，个头真的快赶上铜钱了。可以打牙祭，也可以摘回去凉拌、炒鸡蛋、包面团子。

春光明媚，布谷鸟飞落到老榆树上，催促人们春耕：“赶快布谷！赶快布谷!”熊孩子们回应：“光棍好苦！光棍好苦!”气得布谷鸟更大声喊：“赶快布谷！赶快布谷!”我们接着喊：“光棍好苦！光棍好苦!”最后布谷鸟气得不唱了，嗖的一下子飞走了。

最好玩儿的是捉长得有点像鹦鹉，叫“臭咕咕”的鸟儿。“臭咕咕”鸟儿，咕咕的叫声有点像鸽子。头上有花冠，一身绚丽的羽毛，非常漂亮。这么漂亮的鸟儿，却能释放出熏得人掩面而逃的臭气，因此而得名“臭咕咕”。这也是一种自我保护的本能。

大部分的鸟儿都在树上做窝，但“臭咕咕”地窝在树根下。人们常说：“狡兔三窟”，“臭咕咕”是狡鸟儿三口，一个入洞口，一个出洞口，一个逃生口，很难捕捉。捉这种鸟儿，必须先找到出洞口和逃生口。“臭咕咕”进洞后，把入洞口和逃生口堵上，在出洞口扣一顶帽子，然后猛敲树洞，鸟儿受惊，往外一飞，就撞进帽子里，双手捂住，捏着鼻子，放到笼子里。然后挂在老榆树下，等待人们观赏。

人们在村口走过，看到有漂亮的鸟儿，都要上前看一看。“臭咕咕”一有人走近，马上放出一股臭气，熏得人落荒而逃，我们一帮小伙伴被逗得哈哈大笑。一个鸟儿的臭气囊毕竟容量有限，两天后，“臭咕咕”就放不出臭气了。我们就把它放了，再找下一个“臭咕咕”。

夏夜里，山里的孩子们爱玩逗蛐蛐。蛐蛐是靠喝露水长大的，夏天露水多，蛐蛐长得健壮，爱斗。孩子们就去捉蛐蛐来斗，赌注通常是一支铅笔、一个作业本、一块橡皮。虽然是一、两分钱的东西，但输了的孩子回家挨顿揍是免不了的。

山里没有逗蛐蛐罐，都是把喂猪的泥盆了洗干净了逗蛐蛐。夜幕降临，老榆树下，一群穿得破破烂烂的熊孩子，在皎洁的月光下，围着泥盆子，嘴里喊着：“杀、杀、杀”看着蛐蛐争斗，直到一方落败。败下阵来的蛐蛐没什么用了，被丢到草丛里，自生自灭。胜利者，傲视群雄，等待下个对手。挑战者上来，又是一场厮杀。孩子们玩的忘乎所以，不是少家长叫，都忘了回家。

最能战斗的蛐蛐是生长在坟地里的蛐蛐，那里的草木通常都比别的地方茂盛，露水也特别的多。我在坟地里捉到一个蛐蛐，体型比别的蛐蛐大一倍，打遍全村无敌手。我给它取了一个名字，叫“孙悟空”。这个家伙可能沾了死人的阴气，每逢决斗，都用阴森森的目光盯对手。不少蛐蛐一打照面，就感到身形对不对等，在“孙悟空”凌厉的目光下，不寒而栗，不战而逃。“孙悟空”对示弱者，从不追杀，只是冷笑一声，颇有王者的风范。

十里八乡，都知道了“孙悟空”，有人出两块钱购买，我虽然万分不舍，但架不住两块钱巨款的诱惑，还是忍痛割爱了。

9

“呵，够奢的，提笼架鸟、逗蛐蛐，那可都是以前京城贝勒爷、公子哥玩的花活。没想到，你们老虎沟这帮山炮倒玩上了，”小曼半是羡慕半是嫉妒地插了一句。

“那是！我跟你说，我们那好玩的东西多了去了。”

夏天，清溪河河水丰盈，浩浩渺渺，是山里孩子们的天堂。大家在河里打水仗，比潜水谁潜得远，打水漂。打水漂可是一个技术活，不会打的，石头“嗵”的一声掉到水里头；会打的，手臂使劲一甩，石头在水面上不停地跳跃，击打出一串水花。我们中最高纪录的，击出 17 个水花。

然后是抓鱼比赛。清溪河没什么大鱼，但青鳞子、刀条子、泥鳅等杂鱼可不少。我们捉到鱼，用柳条儿串起来，一串一串的。有时，鱼太多，就把裤子脱下了，裤脚用柳条儿扎起来，用裤子装鱼。

抓到的鱼晒成鱼干，用酱蒸着吃，或青椒炒着吃，都是上等的佳肴。

到今天我也不明白，冬天，清溪河水冻绝底了，这些鱼躲到哪去了？因为这些鱼肯定不是当年生的。一尺多长的野生泥鳅，起码要三五年，才能长这么大。

冬天，千里冰封、万里雪飘，山里孩子最爱玩儿的是滑冰、溜雪。至于电影、电视上的堆雪人、打雪仗，那都是城里人矫情。

河水封冻，河面光滑如镜，冰刀雪亮，弯腰蹬腿，左右脚交替滑行，“嗖”的一声，就没影了，赶上哪吒踩风火轮儿了。

溜雪，就是选择一个陡坡，背着冰车爬上去，然后顺着陡坡往下溜，风驰电掣，带起一股雪烟，犹如腾云驾雾一般，爽呆了。

最好玩儿的是跟着大人狩猎。老虎沟人有冬天狩猎的习惯。虎、熊都是保护动物，不能打。话又说回来，虎、熊都是神级动物，就是不保护，这些农耕为主的二杆子猎户，也不敢招呼。老虎沟猎户的老祖宗刘二，带着两个儿子去猎虎不成，最后爷仨都被老虎吃掉了。老虎沟也因此得名。

狩猎的对象多为野兔、野鸡、獾子、狍子等。平时，大人狩猎，我们小孩根本靠不上边。只有围猎狍子时，才把我们拉去“喊山”。狍子长得有点像鹿，也有犄角。“喊山”就是用猎狗把狍子赶到一个深沟里，留一个缺口，站一个人，手拿一个大木棒。三面人拼命喊，驱赶狍子冲向缺口。狍子跑到缺口，忽然听到一声大喊：“哪里跑?”狍子傻愣愣地看着对面的人，忘了逃跑。当头一棒，狍子应声倒地。傻狍子、傻狍子就是这么得来的。

10

“真的假的?”小曼半信半疑。

“真的!”“我们那不但有好玩儿的，还有好吃的。“满汉全席”、熊掌、飞龙那些唬人的东西我就不说了。大家熟知的榛子、木耳、猴头菇我也不说，今儿给你整几样别的地方没有的。”

一场春雨过后，野菜就冒出来了。山坡上、草甸子上、路两旁到处都是。有曲麻菜、婆婆丁、小根蒜、豌豆苗、香椿、次老牙、苦苣菜、猫爪子、苋菜、野葱、野蒜……真正的绿色食品。采回去，有的用热水焯一下，有的洗干净了生吃。农家大酱特有的香味，伴着野菜的清香，让人胃口大开。尤其是吃了一冬天白菜、酸菜、萝卜、土豆，见不到一点绿色蔬菜的东北人，那绝对是人间美味!

蕨菜以前不大受待见。蕨菜有腥味，要用荤油，或者猪肉炒才好吃。那时，一年到头也见不到几点荤腥，谁有那闲钱?后来，供销社收购出口日本，又听说能防癌，才身价倍增。

小伙伴们上山采野菜，先找一种长得有点像菠菜的，叫“酸沫浆”的野菜打牙祭。“酸沫浆”酸甜酸甜的，对降血糖、血脂、血压具有特殊的功效。据说《本草纲目》上有记载。

夏天，我们跑到山里掏鸟蛋，然后用湿黄泥包上，放到柴火上烤。黄泥干裂了，鸟蛋也就熟了。蘸点用小药水瓶装的大酱，喝，香极了!

秋天到山里采野果子。山里的野果子很多，有山楂、山里红、野葡萄、山梨、榛子等。最多的是山梨，漫山遍野到处都是。山梨刚摘下来时，青、酸、涩、硬，不能吃。要捂几天，变软、变黄了，才酸甜可口。太多了，吃不了，就用凉白开水把山梨腌制起来，慢慢吃。腌制山梨不能用生水，生水腌制的生梨几天就烂掉了。

有的城里来的客人，和老虎沟人去摘山梨，发现地上有一堆一堆的金黄色的山梨不去捡，偏偏去摘树上的青梨，觉得很奇怪。捡起来尝一尝，嗯，味道还不错！老虎沟人笑而不语。等客人吃够了，才告诉他，那是熊瞎子的粪便。熊瞎子吃山梨囫囵吞枣往下咽，吃下的是青梨，在肚子里发酵，拉出来的还是整的，只是颜色变黄了。客人听了，恶心死了，蹲在树下狂吐。

冬天，北风怒吼，东北的“大烟炮”吹得人眼睛都睁不开。这种天气一般人都不出门，躲在热炕头上“猫冬”。只有半大小子闲不住，冒着风雪，顺着电线杆子寻找撞晕的鸟儿。风雪吹得人睁不开眼睛，空中的鸟儿更睁不开眼睛，凭着脑袋里的导航摸索着朝前飞。飞着、飞着，空旷的田野上，忽然出现一根电线杆子，一不注意撞上去，一下子就晕了，掉到地上，冻僵了。我们就捡这个“洋落儿”（东北话，意外收获的意思）。运气好的话，捡到一只大鸟，快赶上一只鸡了，正经八百能炖上一锅好肉。

蛤蟆，是一种营养价值极高的补品。蛤蟆油价比黄金。但我们那个时候，也就把它当成河里的鱼一样，没觉得怎么金贵。

霜降一过，就听不到蛤蟆的叫声了。蛤蟆秋天养了一身膘，为冬眠做准备。这时的蛤蟆最肥。蛤蟆冬眠的地方很隐蔽，轻易找不到。我的一个小伙伴田学忠，小学没念完，就不读书了，给生产队放牛。这小子整天在野外转悠，到底找到了蛤蟆冬眠的地方。蛤蟆躲在岭西泉水坑的一块大石头后面。

岭西泉水坑非常神奇，下多大雨，坑也不满；多旱的天，水也不少。多热的天，水都冰冷刺骨；多冷的天，水面也不结冰。

我和田学忠一人背一个面袋子，兴冲冲地去抓蛤蟆。搬开大石头，后面是一个两尺多深的一个洞，手伸进去，热乎乎、滑溜溜的，全是蛤蟆。我撑着口袋，田学忠两个手往里装。装满一袋子，再装下一个袋子。有的蛤蟆蹦到岸上，我们也不理会，在雪地上，跑不远，蹦两下子就冻僵了。等把洞里的抓完，再去捡它们。

我和田学忠弄了两面袋子蛤蟆。临近春节，这回可过个肥年喽！

要说吃的，东北最有名的还得属“杀猪菜”。村子里，一进腊月，就陆陆续续有人家开始杀猪。杀完猪，好肉、猪头冻起来。猪下水、大骨头、血肠等和酸菜，加佐料，放到大铁锅里烩两个多小时。哎呀，那个香啊！一家杀猪，全屯子过年，各家的男主人都会被请去座席。吃不了的，主人家就东家一碗，西家一碗，送完为止。我们也跟着解解馋。我觉得，“杀猪菜”是世界上最好吃的东西。当时我就发誓：等我有钱了，就天天吃“杀猪菜”！

11

“哎哟，欧巴，这不是世外桃源吗?”小曼激动得两腮潮红，“你明天就请假，带我去老虎沟!”

我也被自己的讲述感动了，怀念起生我、养我的老虎沟。尤其是让我魂牵梦绕的“杀猪菜”。

一周后，我和小曼踏上了故乡的土地。第一站，先到县城看望父母，见一见县一中的老同学和一些朋友。看到故乡的山山水水，想到和家人团聚，我心中充满了喜悦。但我很快高兴不起来了。

以前，我回老家，请我吃饭的排不过来队。我是能推就推，能躲就躲。一是回家就几天，得多抽出时间陪陪父母；二是东北这喝酒“感情深，一口闷；感情铁，喝吐血；不醉不归”的规矩，我是真受不了。几天下来，像得了一场大病一样。

真正的亲朋好友，大家有时间就聚一下，没时间就算了。但有些半生不熟的朋友，或者在道上混的，就一定要请我吃饭。因为能和深圳大咖一起吃饭，是很有面子的事。

这次，我本来想趁着吃饭的时候，把小曼介绍给老家的朋友。奇怪的是，几天过去了，没一个人同我联系。他们不可能不知道我回来了，有好几个人都是我的微信好友。

我打电话给我一个当副局长的同学，想问个究竟。老同学一看是我号码，马上道歉："哎呀，老同学，我现在外地出差，我知道你回来了，本来想明天回去后，请您吃饭，有些话饭桌上再告诉你，没想到你电话先打过来了。对不起、对不起，海涵、海涵！"

什么情况？老同学给我整的云里雾里的！听了老同学的一番解释，我才明白了事情的原委。

老同学来深圳，我请他喝酒。他看我有些失落，就问怎么回事？我就把改任调研员的事告诉了他。然后感慨：在深圳活得真累！也谈了想提前退休，回老家过过田园生活的想法。哪知，这小子兜头给了我一瓢冷水："你可拉倒吧！老家乡下一年都洗不了两回澡，你受得了？你从16岁到县一中读书，离开农村30多年了吧？茄子、辣椒、黄瓜苗能分清就不错了。你都多大岁数了，还真以为能和小曼嫂子搞兄妹开荒啊？"

"你可别忘了，我是农村出来的。"

"那只能说明你是在农村生活过，和真正的农村庄稼把式两回事。"这小子借着酒劲儿，越说越来劲儿了："我还得再说你几句，你有什么失落的，你就知足吧！好歹也是个正处，七品。整个县里就四大班子头是正处，加起来才四个！我这辈子的最大理想，就是熬到正科，副处，我想都没敢想过。你，就是矫情！"

"你小子，我请你喝酒，你怎么开起我批斗会来啦？狗日的，罚你三杯！"

"你别打断我，我跟你说，一线城市，'北上广深'，'北上广'，自然环境无法和深圳比。人文环境，北京人，皇城根的，天生的优越感，看外地人都是下级；上海人，"东方巴黎"，自视洋气，看外地人都是乡下人；广州人，领先时尚，腰包鼓，把韶关以北的人都看成"北佬"（外地人）。只有深圳，搞五湖四海，不是有一句话吗？'来了都是深圳人'，你都深圳人了，还不知足？"

"点个赞！就得你老同学收拾你！"小曼在旁边叫好。

"去、去、去，瞎起什么哄？你忘了是谁媳妇啦？"

“我这是向理不向情。”

哈、哈、哈……

老同学回老家后，在一个饭局上，就把我不当局长的事说了。当时也就是闲唠嗑，没想到，三传两传，就走样了。一个版本说李勇退休了，成了平头百姓一个；一个版本说李勇犯了生活作风问题，老婆和他离婚了，局长让人一撸到底；一个版本说李勇摊上大事了，指不定判几年哪！

三个版本，大家更愿意相信第二个版本。

“三人成虎”！我真是哭笑不得，百口莫辩。

我淳朴的故乡人哟，啥时也变得这么八卦和势利了?!

12

回家的第二天，我的苹果 6 手机坏了，找遍全县城都修不了。手机修理铺的人说，老板，这不是深圳，苹果 6 这才推出几天呀？我们这别说修，就是见都没见过。

那些老江湖，一看我的电话号码 139029 × × × × ×，就知道是深圳最早使用数字手提电话的那批人。这么多年，手机须臾不离手。半天手机不在身边，心里老是慌慌的，老觉得有什么事错过了，或者漏掉了。现在，手机坏了，我马上有一种与世隔绝的感觉。

我找来父母家的一个旧手机凑合用。只能接听、打出，连发个短信都费劲儿。更别说玩微信、上网了。

没办法，为了修个手机，我专门跑了一趟省城。

13

我是一个有 20 年驾龄的老司机。曾经独自驾车，穿州跨省跑了几千公里。回到老家，不会开车了。不是技术不行，而是胆量不行。县城里的交通堵的一塌糊涂。堵车的原因，和大城市不一样，不是因为车多，而是因为大家不守规矩。车辆随便停放，也不收费，同时也就意味着无人管理。人行道上，停满了汽车，行人被挤到机动车道上。转弯的车不让直行的车；斑马线上，汽车不让行人；过马路，红灯亮了，行人不理睬，照闯。大家挤成一团，行人挤过，行人走，汽车挤过，汽车走，谁过谁赢。一挤，就容易擦碰。东北人火气大，擦碰了，不是首先报保险公司，报交警，而是先下车对骂。骂急眼了，拳脚相向。周围一帮人看热闹，人越聚越多，一条马路都堵死了。都闹成这样了，也不见交警来疏导。

人为造成的拥堵，比车多造成的拥堵更让人心烦。我再出行，就选择经济、实惠、环保、快捷的“倒骑驴”（三轮车）。“倒骑驴”一次收费 2 元，最远的地方才 5 元。“倒骑驴”可以穿小巷、走胡同，往往比开车还快。服务态度还好，直接把你送到楼下。只是有一点，这都二十一世纪了，中国汽车拥有量已达到发达国家水平了，而老家“倒骑驴”满街疯跑，总是让人觉得怪怪的。

14

回来后，淋了一场雨，感冒了，我也没在意。但第二天，鼻口生疮，满嘴的大泡，吃饭都困难。啥感冒，烧成这样？到医院一检查，鼻口生疮，不是感冒造成的，是因为水土不服。

什么？什么？我，一个土生土长的东北人，回到老家，怎么还整出一个水土不服来？故乡，不是这么不待见我吧？

更让我郁闷的是，老家县城的医疗水平、服务态度已经让我难以忍受，我的“社保卡”在这还不能用，看病得自己腰包。这让我这个习惯了公费医疗的公家人，十分不爽。

小曼倒没受我不良情绪的影响。她第一次来东北，处处让她感到新鲜，背个画夹子到处去写生。还老嚷嚷要去老虎沟。

15

终于踏上了老虎沟的土地。远远就看见站在村口老榆树下迎接我的二表哥。二表哥今年 59 岁了，头发已经花白，紫红的脸膛，记录着一个庄稼汉子的雪雨风霜。身子扳还很硬朗。

二表哥是村子里为数不多的一直在家种地，没有外出打工的地道的庄稼人。两个女儿都出嫁了，嫁得还不错，两个女婿都挺有钱的，还孝顺，老给家里寄钱。老两口衣食无忧，日子过得还挺美气的。

老榆树依然郁郁苍苍，绿荫如盖，只是树下冷清了许多。不见了三三两两唠嗑的人群，也看不到孩子们玩耍的身影，听不到孩子们无拘无束的笑声。过去树下坐得溜光的石头，长满了青苔，淹没在荒草中。

老榆树身上，缠了很多红绒绳，树上也挂了很多红布条。我问怎么回事？二表哥说，前几年修公路，从村口过，老榆树挡路，要把它伐掉。谁知，砍伐老榆树时，不是大晴天的，忽然下起了暴雨，响雷围着老榆树炸响，让人不敢靠前；就是锯树刚锯两下，锯条就断了。用斧头砍，又流出血红的树汁，令人惊悚不已。大家都说老榆树是棵神树，给多少钱都没人敢砍。这事后来惊动了林业部门，说这是受保护的古树。超过 200 多年的老榆树，全县只有这一棵了，县宝级。为了保护老榆树，公路拐了一个弯儿。

十里八村都知道了神树，就有不少人跑来拜神树，有的求发财，有的求姻缘，有的求平安。那些红布条、红绒绳都是那些人挂上去、缠上去的。

我和二表哥感慨不已。

我想起了又大又嫩又甜的榆树钱。二表哥说："早不结了。""怎么回事?""咳，这树也讲人气儿，村子里的人都去城里打工去了，树下整天也见不到一个人影，老榆树也就没了那个心劲儿了。"

嘿，新鲜，这树也有脾气!

去二表哥家，路过清溪河。这就是我魂牵梦绕的清溪河吗？河面废小了一半，两岸的垂杨柳也都不见了，光秃秃的，再也没有大河奔流的气势。河水还算清澈，可却看不到鱼的踪影。问二表哥怎么回事？二表哥指着河边一堆一堆翻白的鱼苗告诉我，现在农民都不用锄头除草了，普遍使用"除草剂"。"除草剂"是农药，下雨后，随田里的雨水流到河里，鱼苗都被毒死了。现在，同孩子们说以前清溪河鱼多的抓不完，孩子们还以为讲故事呢！

我无语。

让老同学说对了，农村果然没地方洗澡。本想到清溪河洗洗，但一想到一堆一堆翻白的鱼苗，我望而却步了。打了一盆水，躲在屋子里，和小曼胡乱地擦了擦身子，对付过去了。

第二天一早，我一个人在村子里转了一圈。农民确实富了，泥草房不见了，全是砖瓦房，有的人家还盖起了小楼。整个村子空荡荡的，大部分家里都是老人，有的家里干脆是铁将军把门。儿时的小伙伴一个都没见到。村里的青壮年都去城里打工去了。有的是正式在城里上班，过年才回家；有的是趁农闲，打短期工。用他们的话说，趁着能动弹，多挠扯点。啥时干不动了，再回家。

村里的小学因为生源太少，也撤了。孩子有的被家长带到城里读书去了。有的在中心小学住校。村里没有孩子，更显得没有生气。

下午，我和二表哥到他家的高粱地给高粱打杈（把多余的枝杈掰掉）。二嫂陪着小曼去老鹰崖写生去了。

干了一下午活，腰酸背疼的，躺在炕上，不想动弹。胳膊上被高粱叶子划出的小口子，一沾水，蛰得生疼。

小曼嘲笑我："这才当了半天农民，就累得要死要活的。我要指着你种地养我，还不早饿死了。"

晚饭，二表哥特意烩了"杀猪菜"。可我，再也没有吃出儿时的香味来。相比较，深圳改良后的"杀猪菜"，似乎更合乎我现在的口味儿。

16

下午，我接了两个深圳电话，山里信号不好，听不清。回到二表哥家，用座机打过去，一个是车行打过来的，说我预订的越野车到了，让我去提车；一个是"拆迁办"打来的，说我们那个住宅小区拆迁改造正式启动，政府统一安排租住房，三年后回迁，补偿比例 1∶1.1。想住大房的，增加部分，按当年房价百分七十优惠。让我们赶紧签手续。

我粗算了一下，按1∶1.1补偿，房子有80多平方米了。再添上几十万，就可以住上100平方米的大房子了。

房子、车子，都是大事，虽然假没休完，小曼也没玩够，我还是决定马上赶回深圳，心情比回老家还急切！

9　看病记

大学毕业了，同学们奔向四面八方。把最后一批同学送上火车，已经夜色阑珊。望着远去的列车，王志勇心中充满了忧伤。大学时同学的友谊最纯净，也最珍贵。想到有的同学可能一辈子都见不到了，不禁悲从心来，王志勇一下子泪奔。

“喂，醒醒！是不是做噩梦了?”

老伴把王志勇摇醒，睁开眼睛，茫然四顾，哪有什么同学、火车站哪？这不是在家吗？这大学毕业已经快三十年了，怎么做了个这么一个梦？

王志勇昏昏沉沉地来到单位，参加年终考评。考评结果，王志勇倒数第一名。现在实行末位淘汰制，第一年倒数第一名，到党校学习三个月，考试合格，继续回原岗位工作。考试不合格，安排一个比原来岗位差一点的工作；如果第二年仍然是倒数第一名，对不起，只能下岗。

王志勇火冒三丈，追到一把手办公室。

“凭什么把我评为倒数第一名？我是工作吊儿郎当了；还是工作出现纰漏，给国家造成损失了；还是我工作能力不行，不胜任本职工作?”

面对王志勇连珠炮式的提问，一把手没有急于回答，站起来，泡杯茶，把他让到沙发上，笑呵呵地说：“少安毋躁！这跟工作无关，是为了应付末位淘汰制的。每年大家轮着当倒数第一名。”

“为什么首先是我?”

“你年纪最大呀!”

“年纪大就该死呀?”

“老王，你还别觉得冤枉。二十多年前你就是科长，现在还是科长。二十多年了。你看咱们单位哪个没进步，那大家都进步了，就你原地踏步，逆水行舟，不进则退。你当我这个一把手，你挑谁?”

“是我不想提拔呀?不就是‘不跑不送，原地不动’吗?这干部老老实实工作，不跑官、要官，怎么倒成了缺点呢?不被提拔，好像犯了错误似的。”

“老王，你来机关比我时间都长，怎么还这么幼稚?当官是官场上衡量一个人能力的唯一标准。谁上不去，他不是智商有问题，就是情商有问题。”

一把手的话，刺到了他的痛处。王志勇默默地离开了一把手的办公室。心不在焉地下楼梯，一脚踏空，嗵的一声，摔在地上。疼痛让王志勇一下子清醒了。原来是从床上掉到了地下。

妈的，又是一个令人沮丧的一个梦!

王志勇看看表，午夜三点钟。接二连三的恼人梦，让他再也无法入睡。在床上翻来覆去地烙饼，折腾得腰酸背痛，心中一股无名火串来串去。王志勇只好爬起来，半夜三更上大街上跑步去。希望能跑累了，睡个好觉。

这是王志勇最近的一个常态，经常是刚睡着，就被噩梦惊醒。不是梦见自己在找工作，就是梦见自己快四十岁了，还没娶上媳妇等这些乌七八糟的梦。往常，起来喝点热水，到阳台呼吸点新鲜空气，或者看会儿书，看看电视，调整一下心情，还能勉强睡到天亮。

后来，书也不能看了。中国人，谁也不敢说中国字全认识。一般人遇到不认识的字，查查字典，或者干脆读半边。反正也不影响阅读效果。但王志勇现在不行，一遇到一个不认识的字，就会和自己较劲。觉得自己大学中文系算是白读了，简直是个废物!

王志勇再睡不着觉，就上大街跑步去。疲惫的身躯，也能带来睡意。

但今天这想法不灵了。即使跑了五公里，已经累瘫在沙发上，还是无法入睡。眼皮沉重如铅，脑袋却异常清醒。他简直快疯了。

王志勇打开电视，里面正在播出一个国家领导人追悼会的场景。王志勇刚想转台，哀乐却让他郁闷的心胸有些洞开。随着哀乐，烦躁的心情逐渐平复下来，心口的垒块也在消失。哀乐竟成了催眠曲了。

王志勇老伴刘小琳被哀乐惊醒。半月三更传来哀乐，真够瘆人的。刘小琳来到客厅，看到一脸憔悴的王志勇在沙发上已经睡着了，就轻轻地关上电视。眼泪止不住地留了下来，轻轻地叹了口气："唉，真是病得不轻。这官场，真不是人待的地方！"

刘小琳知道王志勇这是得了忧郁症。只是王志勇自己不知道，以为就是一般的失眠。他又不肯吃安眠药，怕有依赖性。想靠自身的力量，去战胜它。作为一名曾经的马拉松运动员，王志勇相信自己的毅力。没想到，病却越来越重了。王志勇一宿一宿睡不着觉，已经无法正常上班。一个人躲在家里，心如旷野，倍感孤独。却又谁也不想见。老婆在眼前，看着烦；老婆上班了，又盼她快点回来。天一黑，心中充满了恐惧，这漫漫长夜可咋过呀？盼着天亮。天亮了，又犯愁，这一大天可干点啥呀？又盼着天黑。相比之下，黑夜倒更契合王志勇的心态。

刘小琳带王志勇去看了神经科，看了心理医生，也开了一堆"银杏滴露丸"等安神药，但都收效不大。刘小琳明白，这是心结没有打开。

王志勇年轻时还是比较顺的，甚至可以用出尽风头来形容。

王志勇出生在农村，一个叫老虎沟的地方。老虎沟是长白山余脉，沟深林密，生长着原始次生林。一条弯弯曲曲的小路通向山外。

王志勇是老虎沟考出去的第一个大学生。十里八村一下子轰动了。王志勇本来是全县考第一，由于上的学校是北华大学，三传两传，竟成了北京大学，全省考第一了。一不小心，王志勇成了老虎沟那帮黝黑孩子的生命灯塔。

北华大学文学院那一届只有王志勇一个农村考生。但却是唯一一个"优秀毕业生"。在校期间，他是北华大学 77 年恢复高考后发展的第一名学生党员，院学生会文体部长，打破过北华大学 800 米、1500 米、5000

米、10000 米纪录，并在学报发表 7000 字论文——《试论“气”概念发展演变过程》。

毕业时，留校名单第一个名字就是王志勇。但王志勇追随爱情的脚步，同当时的女朋友，现在的老婆刘小琳来到了深圳。

王志勇在深圳一所中学当了一名普通的语文教师。经过一个学期的教学实践，他发现了深圳教育存在的一些问题，就写了一篇题目为《试论深圳教育困境与破题》的文章，寄给了《深圳特区报》，但未见诸报端。

一天，校长通知王志勇下午到市教育局，说是局长找谈话。

局长，和我隔着八丈远，找我谈什么话？校长没解释，只是说了句：“去了就知道了。”

下午两点钟，王志勇准时来到局长办公室，坐在门口的沙发上，等着局长召见。来找局长请示工作、办事的人很多，局长一直没搭理他。他又不敢走，想上厕所都憋着。快五点了，局长屋子才算清静下来。这时，局长抬起头来，笑问：“这位老师，找我有事？”

王志勇说：“没事。”

“不对，我看你等下午了。”

“我们校长说是您要找我谈话。”

“谈话？”局长一拍额头，想起来了：“你是翠园中学的王志勇？”

“对。”

“哎呀，不好意思，我一直以为王志勇是个老教师。看样子，你是刚毕业的吧？”

“是。”

“不简单哪!”局长从抽屉里拿出一沓手稿，招手让王志勇坐到他办公桌前面来。王志勇一看，正是他寄给《深圳特区报》的那篇《试论深圳教育困境与破题》的稿子。

原来，因为文章涉及教育局及教育发展战略，所以，《深圳特区报》把稿件转到教育局征求意见。局长觉得文章很有见地，就批示作为全市教育工作会议书面材料，并约作者面谈。让局长没想到的是，作者竟然是一个还没转正的青年教师。这次谈话，王志勇给局长留下了深刻的印象。两年后，学校把王志勇作为教导主任人选，上报教育局。教育局党委争论不下时，党委书记，也就是局长一锤定音：我们就是要培养这样有思想、有见地的青年人。王志勇一下子就成了深圳最年轻的中学教导主任，市教育局的后备干部。

大学毕业五年后，28 岁的王志勇已经是深圳市中心区的区委宣传部副部长了（正科）。两年后，又被调到市委宣传部任副处长。当时，正是全民经商的年代，党政机关也都办企业。那时，机关干部都挤破脑袋到企业去工作。大家把到企业经商和进机关工作称之为“出生入死”。

宣传部有一个下属企业准备上市，为了加强管理，部领导选派王志勇去任副总经理。级别一样，工资却是原来的八倍。

中国老话说，一个人一辈子的运气是有数的，年轻时太顺了，往往结局都不太好。这话在王志勇的身上真的应验了。那个一直欣赏，并着力培养王志勇的市领导调往外市做市长去了。而这时，中央下了新政策，党政机关所办的企业都要脱钩。王志勇一下子被搁在了半道上。

王志勇几次要求回机关，都被新的部长拒绝了。当官的都不喜欢用前朝的红人。王志勇发狠，重新考公务员。这小子还是有点料，考上了深圳市东区宣传部公务员。就这样，王志勇在工作 15 年后，又重新坐在了行政学院“初任公务员培训班”的课堂上。

王志勇珍惜这来之不易的机会，玩命工作。半年后，被任命为科长。一年后，作为部长助理人选报区委组织部。正在静候佳音，噩耗传来，区委常委、宣传部部长出车祸，人走了。部长没了，部长助理也就没了下文。

后来，王志勇到新成立的体育局工作，恰逢局长外出学习半年。体育局没有副局长，区里就叫王志勇临时负责体育局工作。王志勇觉得这是个机会，除了搞好建章立制工作，把工作的重点放在筹备深圳市第八届网协杯比赛上。网协杯虽然是个业余赛事，但由于每队有一对局级干部，或者市领导的双打搭档，十几个队，就有二、三十个局领导、市领导，比市运会来的领导还多。因此，成为深圳市高规格的体育赛事。

为了承办赛事，网球场要翻修。经费申请报告报到区里，一个多月都没动静。经费再不下来，时间就来不及了。网球场主任一着急，也没请示体育局，直接找到区委书记秘书反映情况，秘书把网球场主任领到书记面前。书记是网球高手，是东区网球队的主力运动员。听了网球俱乐部主任的报告，书记很不高兴。拿起电话，把区委常委、常务副区长批评了一顿，让抓紧时间落实。

第二天，一大早，常务副区长就带领着发改局局长、财政局局长来体育局道歉，并表示经费马上就到。事情得到了解决，可王志勇心里却高兴不起来，心中隐隐觉得不安。

比赛结果，东道主东区获得冠军。区委书记很高兴，要给运动员发奖金。体育局的请示到了常务副区长手里，常务副区长觉得这个比赛已经花了几十万了，又是场地翻修费、组队参赛费、承办比赛费等，不应该再提奖金的事了，他不知道这是书记的意思，就批了不同意。

请示到了区长手里，因为书记已经打过招呼，就签了同意。

这个过程王志勇并不知道。奖金下来了，也没有王志勇的份。王志勇虽然忙前跑后的，也只不过尽自己的职责而已。

接连两次在书记面前失分，让常务副区长非常恼火。现在是敏感时期，书记已经升任市委常委，区长接替书记，空出区长位置。按官场惯例，区长要在区委副书记，或者常务副区长中产生。当然，也可以从外边调来。本来，常务副区长有省里领导帮忙，当区长已经是十拿九稳的事了。没想到，却出现这么一档子事。书记作为市委常委，又是东区的老书记，他的话可是相当的有分量。这个时候可千万不能出现什么差错。

常务副区长把这两次账都算在王志勇的头上了，抓住运动员发奖金，行政人员按奖金总额的百分三十发放这一条，狠狠地训了王志勇一顿："作为国家公务员，拿着国家发的工资，干着分内工作，还发什么奖金?"

王志勇耐心地解释："我们奖励的都是省级以上比赛获奖项目。参加省级以上比赛，起码是市里组队。那百分三十是奖励给领队、教练、队医和代表团的，和我们体育局几个人一毛钱的关系都没有。”

“我怎么知道这钱你们是怎么分的?!”

这话有点没水平了。王志勇东北人的虎劲儿上来了；“区长，你也别和我吹胡子瞪眼，这奖金发放标准是照区政府文件套的，文件是部长签发的（局长外出学习期间，体育局文件由区委常委、宣传部长签发），我只是一个刀笔小吏，您别为难我。”说完，转身走了。

王志勇这回是彻底把常务副区长给得罪了。所以，当组织部把拟提任的干部名单报到书记办公会时，已经是区委副书记、区长的常务副区长看到有王志勇的名字，说这个人工作能力不行，一口就给否决了。

分管组织工作的副书记，原来是市委宣传部副部长，和王志勇同事过，知道王和志勇的工作能力和工作态度。会前也看过组织部的考察材料，知道王志勇近三年两年考核优秀、一年称职，年年是市文化系统、体育系统先进工作者，又被区直机关党工委评为本年度的“优秀共产党员”。有论文在全市获奖。这样的同志说工作能力不行，明显带有个人恩怨，公报私仇。但王志勇和自己非亲非故，自己刚来，犯不上和区长闹不愉快。

区长后来又荣升书记，王志勇是彻底没戏了！

春去秋来，几度寒暑，书记终于调走了，压在王志勇头上的乌云散去。但王志勇已经是德高望重了，从大王变成了老王，已经过了干部提拔的年龄了。

组织上觉得不能给王志勇一个实职，那就给解决个待遇，拟提任副调研员。但没想到被竞争对手下了绊子。

可别小看一个小小的副调研员，还是有不少的人盯着。公务员条例里，科长是领导，副调研员属于非领导系列。但在现实中，人们往往把副处级以上干部当领导。有很多的事就卡在这半级上。以前副处级以上才安排出国。就是到高校进修，科长去浙江大学，副调研员去清华大学。所以，有的干部说：就是死也要死在副处级的位置上。

同事抓住王志勇同区图书馆一个女职工跳过舞这件事，给她老公五万块钱，说他们两个关系暧昧，唆使他去找领导告状。那个女职工的老公是个赌徒，欠了一屁股债，见钱眼开，别说戴绿帽子，就是学王八在地上爬，都二话不说。

老公告上门来，组织自然要调查了解。结论也很快出来了：两个人的关系是清白的。清白是清白了，但这么一折腾，提拔的机会也就错过了。

王志勇的提拔泡汤了。他并没太在意，见怪不怪，一笑了之。他自己都没意识到，这一次提拔失败，已经成为压倒自己最后一棵稻草。王志勇崩溃了。

王志勇被竞争对手拉下了马，但竞争对手并没有享受到胜利果实。鹬蚌相争，渔翁得利。有时候，卑鄙未必是卑鄙者的通行证，也可能是耻辱柱。竞争对手使用这种下三烂手段，让周围同事鄙视和唾弃，成了过街老鼠了。

还有10天就过春节了，王志勇一个人在家里折腾电视。手机响了，老婆来电，让他马上到新闻路二栋408房去见一个张大师，说这个人是专门给市领导看病的，很有道行。

王志勇半信半疑，但他明白老婆的一番苦心，还是去了408房。

屋子里人有七、八个人，围着一个光头、满脸络腮胡子的东北大汉正在聊什么，看样子和大师很熟。

我待众人散去，才向大师做了自我介绍。大师询问我的病情，我说右臂发麻，抬不起来，再一个是自己晚上失眠。

大师站起来，捏了捏我的后脖颈，然后拿出一个纳鞋底子针一样粗细的银针，扎了下去，流了很多黑血。右臂马上不麻了，也灵活自由了很多。

大师翻了翻我的眼皮，又仔细地观察了我的气色，用肯定的语气说："你犯了虚病。"

"虚病是什么？"

"就是邪病，有鬼魂缠身，是你娘家那面的。你信不信？"

"不信。"我老老实实地回答。

"你还别不信，我说一个事你就信了。你娘家男的少的比老的先死，女的妹妹比姐姐先死。"

我目瞪口呆。的确，舅舅去世十年后，姥爷才去世的。小姨已经去世好几年了，妈妈现在还硬硬朗朗地活着。但这些事，我老婆都不太清楚，难道是他掐算出来的？我身上寒毛都竖起来了。

刚才他治好我右臂那一手，让我相信他确实有两下子。现在，又被他说中娘家的事，我有些云里雾里了。

大师让我去买三炷香。我跑到香梅市场，买来三炷最粗的香火，恭恭敬敬递给大师。大师把香点燃，朝北方拜了三拜，然后插在香炉上。

大师问了我姥爷、舅舅、小姨的名字，让我闭上眼睛，在我头顶上发功。一阵阵凉风，吹得我头皮酥酥的。大师又烧了一道符，口中念念有词，双手努力地从我的胸口往外掏东西。一番折腾后，我真的感觉得到那些让我烦躁、郁闷的东西减轻了不少，内心开始澄明。

大师穿上鞋，把三炷香插到楼下的一棵大树下，说是把那些邪的东西移到树上去了。

大师给我开了三个疗程的药。第一个疗程 10 天，药是中药，早晚各服一次；第二个疗程 7 天，药是中成药，每日服 3 次；第三个疗程 5 天，药是鸽子蛋般大的朱砂丸，每日一粒。

我给大师包了一个 888 元的红包。然后赶紧赶回家，遵大师嘱咐，先是委托南北药行帮煎药。接着，跑去卖冥币的地方，买了一大堆冥币和烧纸，专挑一个亿，一百个亿的大面值的冥币买。晚上，在十字路口，把它们都烧给了姥爷、姥姥、舅舅、小姨。

烧了纸，喝了药，晚上，十一点半上床，竟然一觉睡到天亮。

10 天过后，王志勇已经像一个正常人一样，出现在家庭除夕晚宴上。

看到老婆一大家子团聚，王志勇忽然强烈地思念起家乡和父母、兄弟姐妹来。一天也等不了，初一，就飞回了老家，准备过完元宵节再回来。在老家待了 3 天，又迫不及待地想回深圳。马上改签机票，初四，又飞回来了。

刘小琳无奈地摇了摇头：“看来这病还是没全好啊！”

真正让王志勇痊愈的，是浙江大学一个月的学习生活。王志勇利用这一难得的机会，看了很多有关禅学、佛学的书，悟禅。佛曰：结善缘结善果。沾染了佛性，就把功名利禄看淡了。看破了，也就放下了，官场病彻底好了。

只是，刘小琳至今不明白：王志勇不是官场病吗？怎么变成邪病了呢？

10 一滴空调水引发的血案

"就是他，给我打！"

住在红荔湾小区的老张刚步出小区西门，迎面碰上几个剃板寸头的大汉，其中一个把老张同手中的照片比对了一下，喊了声："就是他，给我打！"，几个大汉二话不说，上来就是一顿拳脚。

西门岗执勤的是个女保安，见此情景，赶紧拿起对讲机呼叫队长，同时报110、120。等保安队长带人赶到现场时，歹徒已跑了，老张倒在血泊之中。随后，警察、救护车也到了。大家把老张抬上救护车，送往医院。

老张满脸满身都是血，挺吓人的。医院一检查，都是皮外伤，没伤到要害。看来，歹徒意在教训，并非要老张的命。处理完伤口，老张随警察到了派出所。还没等警察询问，就一口咬定说："是那个姓潘的干的！"

"哪个姓潘的？"

"我楼上，20C的潘多良。"

"你为什么认定是他干的？"

老张拿出手机，点开一段短信："王八蛋，阴我，出门小心！"来电显示是潘多良的手机号码。

"你怎么算计人家啦？"

“还不是他逼的。”

这时，派去红荔湾小区了解情况的人回来了，清楚了事情的来龙去脉。

进入六月，深圳气温已高达30多度，家家都开空调睡觉。周三晚上两点多钟，老张睡意正酣，迷迷糊糊中，听到梆、梆的敲门声，拉开门，发现女儿抱着枕头站在门外。

“怎么回事?”

“又有那嗒、嗒声了，吵得睡不着。”

“那可能是20楼垫在空调后边的报纸掉了，明天我去同管理处说一下。今晚，你先在我们屋对付一宿。”我拿着凉席、枕头、毛巾被去了书房。

去年，也是这个时候，女儿房间每天12点以后，都从楼上传来嗒、嗒、嗒的噪音，吵得人无法入睡。女儿气得用拖布把捅天花板，警告楼上，但声音并未消失。投诉到管理处，值班人员与保安去敲19C的门，半天也没动静，里边像没人一样。

第二天，管理处搞清了状况，19C是一个70多岁的老头，就住在女儿房间上面的房间。平时就一个人住，儿女们周末才过来。白天有保姆做饭、打扫卫生。老人每天10点前就上床睡觉了，一觉到天亮。他们也查看了空调，没有响动，也没见滴水。声音应该不是19C传下来的。另外，保姆也解释了昨晚老人不开门的原因——老人是个聋子。

既然不是19楼的事，那声音就有可能是20楼传下来的。20楼租户是一对印度夫妇，听不懂中国话，整个管理处也没有人能和老外进行英语对话的。因此，管理处人根本进不了屋。管理处求助于国外留学回来的女儿，女儿同印度夫妇一番沟通，才同意进屋查看。20C女儿房间的位置，挂着一个老旧的空调。一开机，机身抖动，撞击墙壁，发出嗒、嗒、嗒的声音。管理处的人往空调机后边塞了几张报纸，嗒、嗒、嗒的声音消失。

一夏无事。没想到，今夏又来!

第二天，一早，就向管理处反映情况，要求尽快处理。下午。询问处理结果，管理处回复：19C儿子搬回来了，住在主人房，原来住女儿楼上的老人，已经搬到“财富广场”那边去住了，房间是空的。20C 的租户换了，现在是一家香港人。香港人一早就去了香港，要很晚才能回来。已约好明天上午去他家查看。

12 点钟后，嗒、嗒、嗒声又起。老张还是准备动身到书房去睡觉时，女儿却说她去。老张劝阻她：书房的地板很硬，睡不习惯。但女儿还是坚持。老张把她拉到一旁问，怎么回事？女儿吞吞吐吐地说：妈妈打呼噜。

为了让女儿休息好，老张让老婆去女儿房间去睡。但半夜去洗手间，却发现老婆睡在沙发上。问怎么跑这儿睡？她说，嗒、嗒、嗒声，确实吵的人没法睡觉。女人看起来，都天生敏感。

第二天，老张向单位请了假，和管理处一起到 20C 查看。主人告诉我们，那个房间已经换了新空调，并打开空调机，确实没什么声音。奇了怪了，这声音是从哪里来的呢？

女儿看待老爸老妈为了让自己休息好，一个跑到书房，一个睡在沙发，于心不忍，就买了耳塞，回到自己房间，堵住耳朵睡觉。

梆、梆、梆，女儿半夜两点多又一次敲门，激动地说：噪音的根源找到了。

原来，问题还是出现在 20C。20C 装了新空调，但没有把排水管接到排水管道，而是直接往楼下滴水。水滴恰巧砸在女儿房间外的空调管线上，就发出嗒、嗒、嗒的声音。管线是铜管，水滴落上去，声音很响，传到夜深人静的房间里，紧闭门窗的房间，就成了音箱。声音被放大，吵得人无法睡觉。

赶紧用手机拍照，并叫来管理处值班人员，让他们第二天赶紧处理。

事情过了三天，滴水的问题还是没有解决。问管理处怎么一回事？管理处抱歉地说：“第二天一早就找了业主，让他们赶紧找安装空调的，把排水管接到下水管道。业主答应得很痛快，我们还以为问题已解决了呢。这几天光忙活创建‘安全文明小区’的事了，这事没跟踪，对不起，我们马上同业主联系。”一会儿，管理处来电话：“业主说，这几天装空调的太多，派不出人来。”

“这是什么混账话?！又不是什么大工程，半个小时的事。你们管理处能不能解决？不能解决，我自己解决。”

“不、不、不，张大哥，您别激动，我们一两天内一定解决。大家邻里邻居的，吵起来就不好了。”管理处赵主任极力劝阻。

“那行，我就再忍两天。”

两天过后，楼上的空调水依然往下滴落。老张再也无法忍受了，打电话给管理处赵主任：“滴水的事你们能不能解决？这么点小事都解决不了，还好意思说自己是省级物业管理示范小区呢？我预先告诉你，出了什么事，让你们吃不了兜着走！”

赵主任：“张大哥，您先别激动。不是我们不想解决，20C两口子刚离婚，房子判给了女方。男方不管，女方回老家了，手机关机，我们联系不上。”

老张不听赵主任解释，挂了手机。

晚上1点多，当空调水再一次滴落的时候，老张按响了20C的门铃。

男主人身材消瘦，梳着一个小辫子。睡眼惺忪地打开门：“干什么啦？”

老张：“你家空调滴水，滴到我们家空调管子上，吵得我们已经一个多礼拜无法睡觉了。请你赶紧把排水管接到下水管道。在问题没解决前，空洞就不要开了。”

小辫子：“我是租户，有事找业主。”

老张：“业主联系不上，空调是你在用，也是你装的，我就找你。”

小辫子：“睬你都傻！”

梆，男主人关上了门。老张再一次按了门铃，屋里的人不理睬。老张很有耐心地隔五分钟按一次门铃。屋里的人受不了了。

小辫子气冲冲地打开门：“你到底想干什么？”

老张：“很简单，接排水管，或者关空调。”

小辫子：“我一个月1万多块的租金，连用空调的权利都没有？”

老张：“多少钱我不管，影响我睡觉不行！”

小辫子：“你再骚扰我，我可报警了。”

老张：“随便！”

小辫子真的打了110。一会儿，一个警察带两个辅警到了。紧接着，管理处赵主任，带着值班人员和保安队长也到了。

警察：“怎么回事?”

小辫子指着老张说：“他骚扰我，吵得我无法睡觉。”

老张：“哎呀，你还恶人先告状?！到底是谁吵谁无法睡觉？我问你，这个空调是业主委托你安装的吧？有现成的空调槽你为什么不用？谁同意你把空调装在外墙上？既影响大楼的整体形象，又不安全。最缺德的是，那有现成的排水管道你不接排水管，却满世界滴水？你考虑过楼下在住户的感受吗?”老张越说越生气，又转过头对着赵主任：“你们是怎么监管的?”

赵主任：“是、是、是，是我们监管不到位，我们失职。”

老张：“你们不光是监管不到位，管理、协调也很差。滴水的事跟你们说了有两个多星期了吧？到现在都没解决！这么一点小事，把警察都招来了。”

警察算是听明白了。对小辫子说：“这就是你的不对了。不但不按规定安装空调，破坏大楼外墙体，而且还到处滴水，影响别人。空调排水管明天就找人接到排水管道。”

转过头又对赵经理很不客气地说：“你们是不是觉得我们警察没事干？以后少拿这些破事烦我们!”警察对着两个辅警一挥手，走了。众人也鸟兽散。

小辫子回去越想越生气：老子花钱买气受！此处不留爷，自有留爷处。第二天，见业主还没来解决滴水问题，一气之下，搬走了。人走了，空调也就没人用了，自然也就不滴水了。

20C女主人从老家回来，发现租客被老张给闹腾走了，火冒三丈，打上门理论。这回，轮到老张说：睬你都傻。女主人就用让排水管继续滴水回敬老张。

你做初一，我就做十五。老张找到小区周围的房地产中介，说是有一个朋友要在自己住的小区租一套160平方米左右的房子。房地产中介马上推荐20C。老张一听就摇头：说不行，听说那个房里死过人。夫妻吵架，女的想不开，吃了安眠药。

不到一天的工夫，小区周围的几个房地产中介都知道了20C家里死过人。所有的中介都不愿触这个霉头，20C成了弃儿，空置了几个月。房子租不出去，不但收不到1万多元的租金，还要交管理费、卫生费、水电费等，亏大了。

20C女主人一开始奇怪自己房子为什么租不出去。后来知道是老张搞的鬼，又是一番吵闹。老张当然是死不承认。

女主人找前夫潘多良哭述："你就眼睁睁地看着我们孤儿寡母受人欺负?!"

潘多良银牙咬碎：欺人太甚！就给老张发了一条短信："王八蛋，阴我，出门小心!"

老张也不甘示弱："放马过来!"

潘多良看到老张这么嚣张，就找人教训了他一下。

尾声

前夫被行政拘留10天。老张也被派出所警察训诫了一番。

女主人被前夫感动了，这个男人还是蛮有情义的。自己真是昏了头，为什么死活要离婚呢？女主人带着孩子去拘留所去看望前夫，告诉他：出来后，咱们就复婚!

11 马路天使

下班后，胡乱吃了几口东西，匆匆赶往电视大学参加“专升本”考试。骑车走到十字路口，虽然人行横道已亮起红灯，但我赶考心切，想闯过去，我刚启动，一双大手把我的自行车把牢牢钳住，“吱”的一声，一辆小轿车一个急刹车，停在了我面前。好险啊！

拦车的是一名二十多岁的交警，他训斥我：“不要命啦？”然后拿出一本宣传交通法的小册子，“学习十遍！”

我心急如焚，“你！”

“你什么，看你也像一个知书达理的人，怎么干违法的事？”“我”，我一时语塞，我一个大姑娘，又是当老师的，被小警察当街教训，真是丢死人了。同时心里还觉得有些委屈，眼泪唰地流了下来。我默默地将“准考证”递给警察。

小警察一看我哭了，有点不知所措，“你哭什么？赶考也要注意安全呀！行啦，交通法你不用学了，快去考试吧！”

时间本来就紧迫，他这一耽误，考试非迟到不可。我推起自行车，低低地恨骂：“马路桩子。”

“你说什么？”交警问。

我不敢应答，推车就跑。回头一瞥，发现交警的左腿裤脚被鲜血染红了，是交警方才救我时，腿肚子被前车轴刮了一个口子。望着一瘸一拐走向执勤岗位交警的背影，我心里充满了愧疚，忽然想起鲁迅先生在《一件小事》里的一句话：“而且他对于我，渐渐地又几乎变成一种威压，甚而至于要榨出皮袍下面藏有的‘小’来。”

我的眼泪又一次流了下来。

12 文化骗子

下午四时许，文联办公室一派安静，大家都低头忙碌着。

梆、梆，“请问这是文联吗?”一个穿着灰衬衣、黑裤子的中年人一边敲着开着的门，一边问。

“请问什么事?”办公室小邓迎过去。

“我叫汪石，是从北京到深圳来做生意的，今天上午到深圳送一批货出口。我这个人除了做生意外，最大的兴趣就是书法和篆刻。我今天下午没事，刚才去了文化馆，是他们介绍我来的，我想找下书协的人，嘿、嘿。”

“现在书画院没人，上班时间，大家都忙，匆忙之间人不好找。”小邓给他倒了一杯茶。

“谢谢。麻烦你给联系联系，晚上我请他们吃饭，边吃边聊。”来人诚恳地说。

“那你还是同我们秘书长说吧。”小邓把来人带到里间秘书长办公室。

请坐。我打量来人。来人衣着朴素，1.70 米左右的个子，面黑、寡瘦，一个眼睛血红，疑似红眼病。眼神即没有生意人的精明，也没有文化人的睿智，更没有他自称的东北人的豪气，眼神总是游离着，让人难以琢磨。

“欢迎您到文联做客。您想同我们书法家交朋友这是好事，但您即不是组织行为，事先也没有预约，我们实在不好安排。”我只想把来人尽快打发走，因为我总觉得这个人说不上哪个地方不对劲。

“我就是想以墨会友，没别的。”来人苦苦相求。

小邓女孩子心软，帮忙联系了书法家协会的领导人“金公子”、“高佬”、文化馆的苏主任等。一干人来到书画院，汪石首先给小邓写了隶书条幅“真水无香”，又给其他人写了几幅隶书条幅。高、牛，在场的几位行家竖起了大拇指。字写好了，没印，“金公子”跑到一楼书城买了印石和刻刀。唰、唰、唰，转眼之间小邓、“金公子”、汪石的印章就刻好了，又赢得了大家的一片掌声。

古来文人墨客皆好酒，有朋自远方来，岂不饮呼？大家拥着汪石呼啸冲向酒楼。路过超市，“高佬”买了两瓶高度白酒。汪石很不高兴，想喝高度白酒怎么不早说，我车上还有两瓶“飞天茅台”，我现在去取。众人劝止。

宾主频频举杯，相谈甚欢，似老友重逢。

“服务员，买单。”汪石喊服务员。

哎呀，怎么让你买单？“高佬”赶紧掏钱买单。

饭后，大家又说去唱歌。汪石将“高佬”拉到一旁，“一会去歌厅一定让我买单，我的卡现在不能用，为了避免尴尬，你先借我 1000 元钱，明天我加倍还你。”

“高佬”买单后只剩下 400 元钱，就让“金公子”借 1000 元钱给汪石。“金公子”想，你怎么让我借钱给一个刚认识的人呢？拒绝了。

“那你就先借我 400 元钱，一会到歌厅附近看看有没有银行。”汪石接过 400 元钱后，走出包房说是去洗手间。

大家久等不归，一问服务员，汪石早已一骑绝尘而去，只留下热情的主人。

汪石的隶书条幅和印石成了大家的笑柄，小邓、“高佬”一气之下把它丢到垃圾桶。气消了，想想那个自称汪石的人字确实写得不错。

13　临时农民

2004年10月31日，《人民日报》、《中国青年报》、《中国网》等国家媒体都播发了一条重要消息，从今天起，深圳宝安、龙岗两区现有的也是深圳最后的27万农民，将全部“洗脚上田”，完成从“村里人”到“城里人”的身份转换。深圳市率先成为我国首个无农村无农民的城市。

全市人民载歌载舞，庆祝这一伟大的日子。与全市欢腾的景象相反，马峦山中的马蹄窝村却是一派沉闷、悲寂。田里没有了忙碌的身影，村头百年老榕树下也听不到乡亲倾计（广东话读“坑改”，闲聊的意思）的欢笑声。

马蹄窝村坐落在马峦山的半山腰，因形似马蹄而得名。村中四、五十户人家，都依河而建。河不宽，但很深，有鱼、虾、坑螺、龟，偶尔还能看到娃娃鱼。村子四周是茂密的森林，有榕树、银杏、木棉、黄槐、黄花风铃木、相思树、沉香树等。还有名贵的禾雀花、吊钟花，深圳市花簕杜鹃等有名无名的野花，一团团，一簇簇，开遍漫山遍野，美不胜收。

一条沿河而筑的小路弯弯曲曲通向山外。原来是条土路，后来在深圳市“村村通”工程中，拓宽，修了一条可通过一辆汽车的水泥路。两车相遇，必须有一辆车停在路边，等对方通过。

马蹄窝村已有200多年的历史。祖上明末清初从河南周口先是迁徙到福建青田，再辗转到广东河源，最后落脚在马蹄窝。房子是典型的客家民居，黛瓦白墙，两层小楼，一楼做柴房，饲养牲畜，二楼住人。

马蹄窝村地处偏远，距离福田、罗湖中心区有六、七十公里，就连最近的镇政府所在地也有十多公里。由于这里山高林密，地势隐蔽，庚子年，孙中山领导的震惊中外的“惠州起义”就是在这里祭旗举事的。抗日战争期间，这里是东江纵队第一支队司令部。

真得佩服老祖宗，怎么就找到这么宝地，地肥水美，年年风调雨顺，五谷丰登。村子里一半是稻田，一半是菜田。村民一年种两季稻，四时蔬菜。由于用山泉水浇灌，这里的米格外香，菜格外鲜，再加上不用农药、化肥，是真正的绿色食品，在深圳市场广受欢迎。季节一到，米贩子、菜贩子主动上门收购。马蹄窝村家家户户日子过得还是蛮滋润的。

村里种田能人还得说徐老蔫。老蔫大号叫徐富贵，由于平时话语少，走路总低着头，所以大家都叫他徐老蔫。老蔫家庭负担重，老婆常年有病，两个儿子都在深圳市重点中学读书，一个读高中，一个读初中。但老蔫硬是凭着每天第一个下地，最后一个收工，把地莳弄得稻苗比别人壮，蔬菜产量比别人高，让村里人羡慕嫉妒恨。

老蔫不喝酒，不打牌，就喜欢种地。老蔫最高兴的事就是看着地里的小苗刷刷地长高；看着儿子拿“三好学生”证书回来。老蔫盘算着，再铆劲儿种几年地，把两个儿子供到大学毕业，到时他们是回村里来，还是到城里工作，看他们自己喜欢。自己守着这一亩三分地这辈子也知足了。

现在被城里人了，老蔫一下子傻了。前几天，原来叫镇政府，现在叫办事处的领导开“洗脚上田”动员会上，老蔫第一个站出来，“我们不想当城里人，就愿意当农民。”是呀，是呀，村里人附和着。“那怎么行呢？这是全市统一行动，我们可不能拖后腿，咱们这可是革命老区。”“那我们除了种地什么都不会呀？”“放心，政府不会丢下你们不管的。现在，马峦山脚下正在修高速公路，路修好了，我们也可以招商引资。政府还会指导村股份公司搞实业，开展多种经营，到时，大家就可以坐享红利了。你们也可以做生意，搞出租，到工厂上班，和城里人一样，老了有养老金，病了有公费医疗，多好的日子！”

老蔫闷闷不乐地回到家中，晚饭也没吃，坐在门槛上，呼噜，呼噜地抽着水烟。“抽、抽、抽，就知道抽，地没了，今后的日子可怎么过?”老婆的声音从屋里传出来。“咸操萝卜，淡操心，共产党政府还能饿死人咋地?”老蔫头也不回地走出家门，习惯性地来到自己以前的承包地。以前不管遇到什么沟沟坎坎，一看到土地，心里就踏实了。老蔫抓了把泥土，凑到鼻前，闻了闻，心中一片茫然。

办事处领导虽然画了一张大饼，但只是个睇（广东话读“抬”，看的意思）字。日子还得实实在在的过。老蔫用征地款盖了栋五层小楼，一楼开士多店（小卖店），二楼自住，三、四、五楼准备出租。

高速公路修成了，但马蹄窝村并没有什么知名企业进驻。有些企业倒是想来，但污染太厉害，利在当代，害在千秋，搞不得。村里的股份公司也是老鼠尾巴长疖子，脓（能）水不大，那点分红只够打酱油的。老蔫的士多店没什么生意，有枣没枣打三竿呗。房子没人租，空在那里养蚊子。这房子要是罗湖、福田，那可金贵咾！每月光租金就能收好几万。若是再赶上个“旧村改造”，那一下子就成了千万元户，亿万元户。福田区岗厦村改造，有一户人家有房产3500多平方米，政府一下子就补了一个多亿。这么多钱，那辈子能花完哪?

街道办事处开办的“再就业基地”，都是装配电子元件，服装加工等，都是老娘们干的活，老蔫拿锄头的手拿不了绣花针，也只是个睇字。

老蔫绞尽脑汁找来钱道。下河打鱼、摸虾、捉王八。河深水急，乱石林立，无法下网，全靠手摸，给自家弄盘菜可以，靠它赚钱，没谱。龟倒是能卖个好价钱，但越抓越少，现在已难觅踪影。老蔫也想到镇搞蔬菜批发，但家里实在脱不开身。老蔫只能在村里找点零活干，或是到附近打打短工。主要是靠低保和政府救济苦撑日子。有人讥笑老蔫死脑瓜筋，周围山上那么多沉香树，沉香可是号称“软黄金”呀！稍稍用下脑，那钱不就来了。老蔫使劲儿摇了摇头，犯法的事可不能干！好在两个儿子争气，大儿子年年一等奖学金。小儿子作为学校冲击清华。北大的尖子生、困难生，费用全免。这日子还过得下去。几年下来，老蔫的话更少了，头更低了，腰也弯了，花白头发，像个小老头。

针对老蔫等困难群众的实际情况，街道办事处推出了农业扶贫帮困新就业模式。经请示市国土资源储备中心批准，将生态旅游观光项目用地暂时作为菜田，由政府出地、种子、肥料和技术，村民出力，收获后政府负责帮助找销路，让困难群众通过生产走出困境。

老蔫天生就是个种田人，一接地气，马上生猛起来，浑身有使不完的劲儿。老蔫主要种美国甜玉米和圣女果（小西红柿）。除了下大雨，老蔫一天到晚都泡在地里。翻土、浇水、施肥、修剪、除草等。玉米长到一人多高，一个杆上两个穗。西红柿翠绿翠绿的枝叶与红彤彤的果实搭配在一起，分外惹人喜爱。谁在老蔫地头过，他都会摘一把圣女果塞到你手里，“尝尝，可甜了，没有打过农药，放心吃。”老蔫当年就赚了两万多元。老蔫还利用田间地头、边边角角种植茄子、辣椒、黄瓜、小白菜等，一年自给有余。

让老蔫高兴的事接踵而至。大儿子大学毕业后已被华强三洋公司录用；小儿子也考上了深圳大学；老婆享受公费医疗后，到市人民医院住院彻底治疗，现已康复；落户马蹄窝村的“深圳生态旅游观光”项目已启动。但让老蔫感到生活有奔头的还是有地种。老蔫知道自己这个农民是临时的，只希望这个临时农民当的时间长点，再长点……

14 二 子

1

一九五一年十月中旬的一天，一辆吉普车停在了老虎沟村委会门口。车上下来两个人，一位首长、一位秘书。迎出来的村长徐大贵一看首长，认识，这不是原来县大队的杨排长吗？但看眼前的架势，又是小轿车，又是秘书，至少是个县团级。果然，秘书介绍这是县委新来的杨书记。

杨书记打断了秘书介绍："我们是老熟人儿了，徐大贵，护村队长。"徐大贵惊叹："哎呀，首长真是好记性，十来年没见了，你还能记住我的名字。走、走、走，进屋。"

老虎沟村是一个三十来户人家的屯子，坐落在大青山深处，是一个离县城最远的村子。大青山是长白山余脉，山高林密，苍苍莽莽，绵延数百里。

山里人从来没见过小汽车，不知道是个啥东西。不用马拉，不用人推，那么大个铁家伙，自己呜呜跑，跑得比马还快！孩子、大人围着吉普车瞧稀罕。

"首长，不知来我们村有和公干？"徐大贵一边倒水，一边扭头问。"我是专程来看李小宝的。"

"李小宝？我们村里没有这个人。"

“怎么没有？他爹叫李才。他小名叫二子。”

“二子，你是说那个‘小叛徒’？有、有。”

“‘小叛徒’?！他现在人在哪?”

“死啦。”

“死啦?”

2

东北人除了把兄弟排行第二的人叫老二外，还把脑袋不灵光、脑筋不够用的人叫“二子”，二傻子的意思。

李小宝出生时，难产，他娘大出血死了。李小宝虽然小命保住了，但因为在娘肚子里待的时间长了点，脑袋进水了。长大后，傻里傻气的，办事一根筋，认死理。大家都叫他“二子”。时间长了，大名倒没人记得了，连他自己也忘记叫李小宝了。偶尔有人叫李小宝，他会转圈看，谁是李小宝?

有一回，二子和小伙伴们去河里游泳，大家叫二子看衣服。二子就老老实实地守着那堆衣服和鞋。大家正玩得高兴，“狗剩子”远远地看到他爹走过来，吓得一溜烟跑回家去了，连鞋也没顾得上穿。

“狗剩子”上面有七个姐姐，家中就这么一个男丁，娇贵得不行。平时，家里什么事都依着他。只有一样，不许玩水，他爹怕他被“水鬼”拽去当“替死鬼”。若是去河里玩水被抓住，那是往死里揍。

太阳落山了，小伙伴们都回家吃饭去了。只有二子守着“狗剩子”的鞋不敢离开。他爹李才河边找到二子让他回家吃饭，二子说等“狗剩子”。李才说把鞋给“狗剩子”送家去不就行了嘛。二子说不行，那“狗剩子”他爹就该知道他下河了，他就要挨揍了。李才哭笑不得：你到底是真傻还是假傻呀？只好悄悄地把“狗剩子”叫到河边来。二子把鞋交给了“狗剩子”，才高高兴兴地拉着爹爹的手回家吃饭去了。

3

时间来到一九四二年，二子十三岁了。

这一年，也是秋天，抗联在老爷岭伏击了日本鬼子的运输队，缴获了不少枪支弹药和战备物资。抗联大部队撤退后，留下来十六名伤员，由县大队的杨排长带领一个班的战士护送到老虎沟养伤。准备找机会送他们去根据地。

日本鬼子吃了大亏，便疯狂地寻找抗联的伤病员报复。由于汉奸的告密，日本鬼子“讨伐队”包围了老虎沟村。鬼子搜遍了全村和附近的山头，也没找到一个伤员。就把全村男女老少都赶到村头的打谷场，追问伤员的下落。

老虎沟村是有名的抗日堡垒村，村里的青年爷们大部分都参加抗联去了。剩下的男劳动力也都一大早下地收庄稼去了。所以小鬼子抓住的大都是老人、妇女、孩子。但就是这帮老人、妇女、孩子，不管是用鞭子抽、枪托打，还是“三宾”地给（打耳光），愣是没问出一个字来。带队的龟头正雄中队长恼羞成怒，手一挥，鬼子架起了一圈机关枪，准备把老虎沟村的人全给突突了。

龟头队长手高高举起，全村人命悬一线。但龟头眼珠子一转，手又轻轻放下。从裤兜里掏出一大把花花绿绿的糖果，脸上堆满笑容，凑到小孩面前：“小朋友，说出伤员在哪里，糖果大大的。”

哼！孩子们都别过脸去。

糖果在当时可是稀罕物，很多人别说吃过，就是见都没见过。如果谁手里有一张包糖果的“玻璃纸”，那足可以在小伙伴面前炫耀半个月。

看来这帮“支那”人是“王八吃秤砣铁了心了”！龟头杀机顿起，抽出指挥刀，要大开杀戒。

这时，二子从人群中走出来，盯着龟头手里的糖果：“我知道伤员在哪疙瘩。是不是我说了，这些糖果就都给我了？”

龟头高兴坏了：“哈伊、哈伊。”

“二子！”人群中有人试图阻止二子。翠花妈伸手想把二子拽回人群。

“你的良心大大地坏了！”龟头左手推开翠花妈，右手把糖果递给了二子。二子手小抓不过来，就用大襟兜着。龟头剥开一粒糖果，塞到二子嘴里，随手把包装纸仍在地上。二子赶紧捡起来，揣到兜里。

“伤员是我爹藏的，和乡亲们无关。”

“你爹是谁?”

“我爹是村长李才。”

“你爹在哪里?”

“在我们家的地道里。”

“要西、要西，带路!”

畜生！孽障！人群中传来一片骂声。

4

李才被带到打谷场，头上、身上有伤口，走路一瘸一拐的，一看就知道是经过一番激烈搏斗的，但他似乎并不生二子的气。

日本鬼子把李才绑在打谷场旁的老榆树上，继续拷问。

二子看日本鬼子打他爹，受不了了。就同龟头说：“不要打我爹，我知道伤员藏在后山的山洞里。”

“要西、要西，带路!”

“那不行，你还要给我糖果，要不我不带你们去。”

“要西、要西。”龟头又抓了一把糖果给二子。二子兜着一包糖果想和小伙伴们分享，但小伙伴们都不搭理二子。二子往“狗剩子”手里塞，被“狗剩子”使劲一甩，糖果掉了一地。

望着地上花花绿绿的糖果，小伙伴们虽然搀得咕噜、咕噜咽口水，但没有一个人去捡。有的糖果滚落到脚下，被一脚踢得远远的。

5

二子领着日本鬼子来到后山山洞。山洞隐藏在一片灌木丛里，洞口被一大坨缠缠绕绕的粗大的藤条遮掩。要进洞，必须使劲儿拉开藤条，人才能钻进去。如果不是有人指引，就是走到洞口也发现不了。

洞里一个人都没有。地上散乱地扔着带血的纱布、绷带、破军帽和一个掉底的红十字药箱。看来确实有伤员呆过。

龟头问二子：“伤员呢?”

二子：“走了。”

龟头：“什么时候?”

二子：“昨天晚上。”

龟头若有所思：“看来昨天晚上跑了的那伙人还真是伤员队伍。”

龟头见二子傻傻的，为了糖果连爹都可以出卖，觉得他不像说谎的样子。确信伤员真的离开老虎沟村了。“讨伐队”押着李才，离开了老虎沟村。日本鬼子的封锁线也撤了。杨排长带领战士连夜护送伤员回到根据地。

6

二子成了全村人的公敌。大人不搭理他，小伙伴们侧目而视。二子在村子里待不下去，就一个人在野外到处游荡。饿了，胡乱吃一点东西；困了，有时回家睡，有时山洞、草垛都能对付一晚上。

时间长了，村里的老人们看着二子可怜，觉得和一个傻孩子较不得真儿。他爹又是为了保护全村人牺牲的，咋说也是一个烈士的遗孤，乡亲们有义务帮助李才把二子养大。

徐大贵的爷爷，全村最年长的徐老太爷就召集村里有头有脸的人，把二子叫来，让他当着大家面认个错，村里人就原谅他了。

哪知，二子小脖一梗：“我没错，是我爹让我这么做的。”

什么？全村人气坏了。你前面冒傻气，现在又瞪眼说瞎话。他爹能让二子出卖自己？这话傻子都不信。全村人更加不待见二子了。小伙伴们还编了一段顺口溜，讽刺二子：

小叛徒，心肠坏，

为了糖果把爹卖。

认贼作父不要脸，

羞死祖宗十八代！

二子再傻，也知道老虎沟村是待不下去了，就到处流浪，靠要饭过日子。

冬天来了。那年冬天特别冷，地都冻裂了。徐老太爷怕二子冻死在外面，就派人去找二子。出去的人把周围的十里八村都找遍了，也没见到二子。

过了两天，有外村人报信儿，说是在西大地的苞米垛里发现了二子的尸体。

徐老太爷怕尸体给恶狼野狗掏了，赶紧派了两个年轻人去把二子埋起来。两个年轻人走到村口，一想这数九寒天的，一镐下去，地上只有一个小白点。要想挖一个坑，要先把地上的雪扫干净，再笼一堆火，把冻土烤化了，才能开挖，老鼻子费劲儿了。再说了，去给叛徒收尸，晦气！两个人转身回家了。

后来，还是一个云游的道士“我佛慈悲”，用席子把二子卷起来埋了。

7

“真的是他爹让他这么做的。”当年的杨排长、现在的杨书记忽然插嘴道。

什么情况？村民们本来是围着吉普车看西洋景，听到说起二子的事，就都挤了进来了。

日本鬼子包围老虎沟村的头一天晚上，杨排长急匆匆地找到李才，告诉他，根据内线传来的消息，鬼子已经知道了伤员藏在老虎沟村，明天就派“讨伐队”来。

李才：“那咱们今天晚上就把伤员转移。大青山藏个几十号人，鬼子别说来一个中队，就是一个联队，保证叫他连个人影儿都见不到。”

杨排长：“问题咱们这大部分都是重伤员，行动不便。最头疼的是，有几个伤员伤口已经感染化脓了，再不及时救治，有生命危险。”

李才：“那能突破封锁线去根据地吗？”

杨排长：“过不去。我已经带人侦查过，鬼子封锁得太严。咱们这不是战斗部队，打开缺口，一个冲锋就过去了。咱们就不能和鬼子碰面。”

杨排长的话让李才陷入了沉思。李才吧嗒、吧嗒抽着旱烟袋，辛辣的烟气把杨排长呛得直咳嗽。

“老李，别抽了，快想办法呀！”

忽然，李才一拍大腿说：“有了。”

李才让杨排长派几个山里长大，能跑山路的战士晚上硬闯日本鬼子封锁线。同时，沿途故意丢弃伤员用的纱布、绷带、医疗器械等，给日本鬼子造成伤员队伍已经冲过封锁线，回到了根据地的假象。

鬼子搜村、搜山的时候，伤员躲在后山的山洞里不要出来，鬼子肯定找不到。等鬼子搜山结束后，出来躲到附近的林子里。

等鬼子封锁线撤了以后，赶紧撤。

杨排长：“怎么才能让鬼子撤？”

李才：“山人自有妙计。”

李才说出来自己的计划。鬼子对付老百姓，一般有三招：打、吓、诱。当鬼子拿糖果诱骗孩子时，叫二子举报自己。然后，叫二子领着鬼子到后山山洞找伤员。伤员早躲出去了，二子就会告诉鬼子说伤员走了。鬼子看二子连亲爹都能出卖，又是一个没什么心计的傻孩子，他的话鬼子一定会相信。

杨排长：“我不同意！你这不是去送死吗？”

李才：“那你有更好的办法吗？再说了，鬼子来了，能放过我这个窝藏抗联伤员的村长吗？我这样做，不但能保护全村的人，还能给我老李家留个种。”

杨排长：“反正我是不同意。”杨排长烦躁地把帽子一把抓下来，一会儿又戴上。一会儿又一把抓下来。

李才不理他。把二子叫到面前，告诉他，当鬼子拿出糖果时，你就把爹藏的地方告诉鬼子。当鬼子把爹抓起来，要打爹时，你就领鬼子去后山山洞。

二子虽然不知爹为啥让他这么做，但他知道帮鬼子干事，那可不是什么好事。坚决不干。

李才就告诉他说："咱们不是帮鬼子干事，是在糊弄鬼子。爹故意让鬼子抓住，然后爹再找个机会逃跑，他小鬼子不是白高兴了吗？你带小鬼子去后山山洞，伤员早走了，让小鬼子白挠毛，你说好玩不好玩？"

二子："好玩。我听爹的。"

8

李才不愧是对敌斗争经验丰富的老党员，鬼子一路都按老李设计好的情节走下去。

当夜，杨排长挑选了五个战士，在班长的带领下，冲过了鬼子的封锁线。沿途故意丢下伤员用品，迷惑鬼子。鬼子追了一夜，连伤员的影子都没见到。鬼子纳了闷：不都是伤员吗？咋跑得这么快呢?!

鬼子虽然怀疑抗联的伤员跑了，但第二天还是派了鬼子一个中队到老虎沟村搜查。

杨排长护送伤员到根据地后，就留在了主力部队。解放战争时期，提拔当了团长。后来，跟随四野一路打到海南岛。最近，刚调回来做县委书记。杨书记上任的第一件事就是看望二子，并想对他做一个妥善安排。

乡亲们面面相觑：看来咱们是冤枉二子了。

9

杨书记派秘书到镇上买来烧纸、蜡烛等祭祀物品，祭奠李家父子。

李才死在了鬼子的监狱，根本没见到尸首，也就没有坟地。当年道士埋二子的小坟包也都被岁月蚀平了，坟上的草木已经和荒地野草连成了一片。

杨书记祭奠完后，掏出两百块钱，让村里找一块风水宝地，给李家父子重新修坟，还要刻碑。自己明年清明节还要来。

两百块钱像一个烫手的山芋，徐大贵不敢不接，接了，又觉得烫手。老虎沟村的人觉得脸上火辣辣的。

当晚，老虎沟村家家户户的油灯一夜都没熄。

15 汤姆去哪了

女儿搬家的当天晚上，原房东安妮大妈就打来电话，说是汤姆不见了。女儿忽然想起汤姆爱趴在自己的拖鞋上睡觉，自己丢在楼梯后的一双旧拖鞋搬家时没拿，建议安妮去看看。果然，汤姆趴在女儿的拖鞋上睡得正香呢。房东把汤姆抱回房间，把女儿的拖鞋偷偷地扔了。

第二天上午，安妮又打来电话，说是汤姆又不见了。女儿想，自己没搬走前，汤姆天天早上送自己到学校门口，看着自己走进校门，才转身跑回家。汤姆会不会跑到学校去找自己？正说着，叮咚，传来门铃声，房东开门一看，果真是汤姆跑到澳大利亚国立大学校园去了。学校安保人员根据汤姆脖子上的名牌编号，给送回来了。为了防止汤姆再跑，房东给汤姆脖子上拴了根绳子。

澳大利亚国立大学只给一年级的新生提供租住宿舍，第二年必须到校外租房子住。汤姆的主人是女儿在堪培拉的第一个房东。

女儿新家安顿好后，夜幕已经降临。晚餐是烧茄子、蔬菜沙拉、大米饭。女儿刚吃两口，一条通体雪白的波斯猫跑进来，女儿放下饭碗，把猫抱起来，发现波斯猫左眼黄、右眼蓝，好梦幻呦！女儿这一代是看着猫咪汤姆和老鼠杰克的动画片长大的，就把汤姆这个名字借来用。女儿找出一个盘子，把烧茄子、蔬菜沙拉拨一点给汤姆。汤姆嗅了嗅，就把烧茄子吃光了，蔬菜沙拉一口没动。

同屋住的是一位法国女孩儿，叫碧斯。见汤姆吃得香甜，也兴趣十足地指着烧茄子问，这黑乎乎的东西是什么，是巧克力吗？不，是烧茄子。女儿看她不解的眼神，就也给她拨点。碧斯把烧茄子像涂果酱一样抹在面包片上，大口地吃起来。边吃边竖起大拇指。咽下最后一口，没头没脑地说了一句："舌尖上的中国?"

什么？女儿随即反应过来，哈、哈、哈，这老外也太能掰了。就我这厨艺，连家常菜的皮毛都没学到，遑论美食大家了。第一次看这么吃烧茄子，女儿早就想笑，现在整出一个"舌尖上的中国"，女儿再也忍不住了。喵喵，汤姆也凑趣叫了两声。

安妮大部分时间住在郊区别墅，对汤姆疏于照顾，汤姆以前是饥一顿饱一顿的，女儿来了以后，才算过上幸福的日子。吃猫粮长大的汤姆，对中国菜情有独钟，只要闻到女儿炒菜的香味，就跑过来。自己的厨艺有人，不，有猫欣赏，女儿也很高兴，乐于与汤姆分享。

汤姆非常善解人意，女儿学习的时候，它就静静趴在旁边，眯着双眼，目光幽幽的。或者独自玩耍一个没了毛的网球，滚来滚去的。女儿学习累了，从电脑桌前一站起来，汤姆马上迎过去，在女儿面前，蹦来跳去，或者转圈追咬自己的尾巴，憨态可掬。汤姆为女儿在异国他乡的枯燥生活增添很多乐趣。

汤姆两天的所作所为，女儿知道汤姆是在找自己，就和碧斯视频聊天，询问汤姆的情况。汤姆看到屏幕上的女儿，激动地扑到屏幕上，拼命把碧斯挤到一旁，喵喵叫个不停。还用小爪抚摸屏幕上女儿的脸。第二天，同一时间，汤姆又跑到电脑前，等待女儿的出现。

不久，女儿放暑假回国。一个星期后，安妮把电话打到中国，告诉女儿，汤姆失踪了。

女儿回校后，到处打听，有人说曾看见过一个雪白的波斯猫在校园出现，但女儿找遍整个校园，也不见汤姆的踪影。

汤姆去哪里？女儿至今牵挂。

16　半夜“敲”门

女儿妮妮考取了英国剑桥大学，出国走了。家里一下子冷清了很多。以女儿为中心的日子一下子踩了刹车，爸爸吴昊天、妈妈尤红梅有些手足无措。尤其是把妮妮一手带大的爸爸更是没招儿没落儿的。

吴昊天，深圳实验教育集团高中部高级教师；尤红梅，深圳第二人民医院心脑科主任。

吴老师，上海人，瘦瘦高高的，戴一副金丝眼镜，说话总是慢声细语的。平时不喝酒、不抽烟、不赌博、不爱应酬，最大的爱好就是烹饪。

尤医生除了要轮值夜班外，还经常加班，因此，操持家务、照顾妮妮的饮食起居的革命重担就落在吴老师的肩上。这对擅长做家务的上海男人那是小菜一碟，毛毛雨啦！吴老师把小家弄得每天都像初升的太阳一样，充满朝气和温馨。早晨，妮妮跑步回来，冲完凉，餐桌上已摆好了热腾腾的早餐。今天是牛奶、果酱、面包；明天是豆浆、油条；后天是白粥、烤馒头片、小菜，每天都不重样。中、晚餐，更是讲究荤素搭配、营养均衡，色、香、味俱全。把老婆、女儿养得面色红润、身材窈窕。吴老师外出学习一周，尤医生不是叫外卖，就是带着妮妮吃快餐，最多给煮个面条。搞得女儿天天给爸爸打电话，催他快点回来。

晚饭后，尤医生洗碗。尤医生加班，妮妮洗碗。吴老师到学校运动场散步一个小时。然后回到书房，备课、读书、练书法，偶尔和对门的方老师下下围棋。小日子过得还是蛮惬意的。

现在，妮妮走了，大把的时间不知怎么打发了。两口子吃饭随便对付一下就得了。和孩子在的时候七个碟子、八个婉那是天壤之别。尤医生值班，吴老师有时干脆泡个方便面了事。吴老师原来挺看不惯东北籍的老师经常聚在一起喝酒，现在反倒羡慕起他们在一起的热闹劲儿、亲热劲儿。

尤医生看到吴老师把客厅电视从头搜索到尾，又从尾搜索到头，看每个节目都不超过五分钟，就劝他出去下下棋、打打麻将，或者找人喝酒去。但吴老师哪也不去，就在客厅折腾电视。

妮妮走了两个月的时候，有一天，吴老师兴高采烈地抱一条名字叫"点点"的"贵宾犬"回来。一个朋友全家移民，把"点点"送给了吴老师。

尤医生天生怕狗，大狗、小狗都怕。因此，对"点点"持不欢迎的态度。更是不让"点点"踏进主人房半步。

"点点"听不懂人话，但能读懂人的表情，知道女主人不喜欢它。所以，尤医生一回来，正在客厅玩耍的"点点"，马上低着头跑回自己的小窝。而吴老师一回来，"点点"围着吴老师又蹦又跳地撒欢儿。吴老师一坐在沙发上，马上颠颠地把拖鞋叼到脚下。尤医生又好气又好笑，笑骂："狗东西"！

"点点"的到来，让沉寂两个多月的吴老师又忙碌起来。到超市买狗粮，到"宜家"给"点点"买狗屋，给"点点"洗澡，带"点点"遛弯儿。吴老师最乐此不疲的就是教"点点"识数。吴老师伸出一个指头，"点点"汪一声；伸出两根指头，"点点"汪、汪两声；伸出三个指头，"点点"汪、汪、汪三声。哎吆，你这个小赤佬，不要太聪明噢！吴老师激动得又亲又抱的。

一天深夜，吴老师睡得正酣，忽然被尤医生推醒："有人敲门。""你睡糊涂了吧？"吴老师翻身正要继续睡，真的听到嘭、嘭的敲门声。谁？吴老师一个激灵，马上坐了起来，并四处找家伙，最后只找到一个衣架拿在手上。试探着打开门，一看是"点点"在用头撞门。脑袋撞破了，鲜血染红了脑门。"小赤佬，半夜三更发什么疯？"吴老师刚要开口训斥

“点点”，忽然闻到一股味道，“什么味？是煤气。”吴老师赶紧跑到厨房把煤气阀关闭。好险啊！

原来尤医生睡觉前烧水，关了煤气炉，但忘了关煤气阀。煤气炉虽然有安全保护装置，但胶管老化，还是有煤气泄漏出来。“点点”嗅到了危险的气味，拼命挠主人卧室的门，主人就是不醒，情急之下，才用头撞门。

吴老师疼爱地把“点点”抱起来，尤医生找出家庭医药箱给“点点”包扎伤口。又伤又累的“点点”软软地趴在吴老师的怀里，用感激的目光看着给自己包扎伤口的女主人。尤医生心中最柔软处被触动，母爱弥漫，再也不觉得小狗可怕，而是觉得小动物也像孩子一样可爱。

17 鸟的故事

一

女儿爱鸟，先后养过文鸟、画眉、鹦鹉等。女儿中学考上深圳实验学校，作为奖励，买了一对文鸟给她。文鸟红红的小嘴，通体雪白。雌鸟体人称大白，雄鸟称小白。大白、小白在女儿训练下，打开鸟笼也不逃走。一会儿飞到镜子前自我欣赏，一会儿蹲在茶几上歪头看电视。手指一伸，翩然而至，落在指头上玩耍。大白、小白也互梳羽毛，交颈相亲，十分恩爱。冬天来了，女儿把鸟儿带到自己房间，晚上就蹲在女儿的枕头上睡觉。一日清晨，女儿房间传来号啕之声，我和妻子赶紧跑过去，原来，大白为了取暖，钻到女儿枕头底下去了，女儿睡觉翻身把大白压死了。大白死后，女儿一直不让扔掉，直到有了臭味，女儿才用一个漂亮的漆盒，里面铺满了鲜花瓣儿，把大白送到笔架山厚葬了，又哭了一鼻子。

大白死后，小白一直萎靡不振，水米不思。只好把它放生了。

二

女儿养的第二对鸟是画眉，鸟儿宛啭啁啾，惹人喜爱。家中阳台对面有棵大榕树，树上有很多鸟，经常与笼中鸟唱和。后来有一只雌画眉飞到鸟笼外，与雄鸟眉来眼去的，大家戏称“第三者”。有一天，“第三者”又来了。女儿把笼门打开，躲到一边观察，嘿，它还真进去了。

白捡了一只鸟，女儿高兴坏了，当然，最高兴的还是雄鸟。第二天，天还没亮，女儿就被鸟儿的嘶叫声惊醒，跑到阳台一看，雄鸟与“第三者”正合力叨掐“原配”，“原配”虽奋力抵抗，但终因寡不敌众，已伤痕累累。女儿大声训斥，“第三者”和雄鸟才偃旗息鼓，但女儿一转身走开，战争马上开始，全家人哭笑不得，只好放掉“原配”，让它逃生去吧！

三

女儿在出国留学前读预科时，又养的一对鹦鹉。女儿在广州读书，每周回来一次，只能照料鸟一天。平时，就由我和她老妈伺奉她的宝贝鸟。有一天，鸟笼被叼开，雄鸟不见了。我和她妈妈都很紧张，觉得无法向女儿交代。可是到晚上它又回来了。这回可得关好笼门，我又特意多绑了一道绳子。第二天，雄鸟又叨断绳子，叼开笼门出去了，晚上又回来了。嘿、嘿，这鸟有意思。后来细心观察，发现它每天外出和回来都很有规律，一般都是早上九点钟左右出去，下午五点钟左右回来。“朝九晚五”?！主人出国还没走，它倒与国际先接轨了！

一花一世界，一树一菩提；鸟间万象，人间百态。人耶？鸟耶？

18　领带的故事

我曾是一名运动员，着装不是运动服，就是休闲装，三十岁前没有穿过西装。后来当了总经理，不得不人五人六的洋装穿在身。穿西装自然离不开领带，说起我最初的几条领带那可有意思了。

“金利来”

1991 年 12 月，“深圳铭基有限公司”举办“嘉年华”活动，有幸被邀请参加。参加活动的男士要求穿西装，打领带。当时西装有两套，但没有领带。我就让同去的周行健给带一条，他满口答应。但见到我以后才想起来忘在车里了，车又被司机开走了。好在一个哥们金山的茶馆就在附近，赶紧跑过去借。一进门，发现茶几上放着一条还没开封的“金利来”领带，售货签上标价 380 元。刚开口借，金山立马拒绝。他明天过生日，这是情人盈盈送的生日礼物。“哎呀，真小气，用完就还你。”周行健不由分说地拿起领带，拉着我就走。

第二天，金山生日宴会上，我和周行健刚坐下，金山就问：“周行健，我领带呢?”“什么领带?”坐在旁边的金山老婆问。周行健说：“就是那个谁送的”，“啊，就是王玉祥送我的领带，被周行健给抢跑了。”金山赶紧抢过话去。“咳，你们哥们儿谁带不是带呢。”“行、行、行，周行健，我送给你了。”金山顺着老婆的话说。“谢谢小嫂子!”周行健话藏玄机。

金山老婆听叫她小嫂子，是称赞她年轻，心里高兴，就跑去洗手间补妆去了。金山用筷子指着周行健和我，咬牙切齿地说：“周行健、王玉祥，你们两个王八蛋，阴我！”哈、哈、哈，我和周行健得意的大笑。

“金盾”

一日，去市干部培训中心拜访王鹏主任。一进门，王主任正在打电话，看到我，指了指大班台前的椅子，示意我坐下。王主任今天穿了一套深色西装，打一条米黄色暗格子领带，倍儿精神。领带的牌子我认识，叫“金盾”，贼贵，商场要五、六百块钱一条。“喝，够飒的！”“漂亮吧?”“漂亮！我是说领带。”“你小子眼红，也送你一条。”王主任说着，从抽屉里拿出一个精美的领带盒子丢给我。我打开一看，里面有一条和王主任脖子上一模一样的领带，我赶紧打躬作揖地表示感谢。王主任一看盒子里真有领带，傻了。一边嚷嚷着：“坏了、坏了”，一边操起电话联系远在北京外交部的同学于飞。“于飞，我给你的领带盒子是不是空的?”“是呀，我正纳闷呢，你送我个空盒子干什么?”电话里传来于飞的声音。“是这么一回事，我有两条一样的领带，一条我用了，盒子没丢，有领带的和没领带的盒子放在一起了，拿错了。”我说：“怎么回事？敢情不是真送我的?”王主任没搭理我，继续向于飞道歉：“对不起、对不起，容当后补！”

王主任打完电话，对我说：“算你小子捡着了。”“那也不领情，谁让你想涮我来的。”“不领情，拿回来。”“门儿都没有！”我一溜烟跑了。

“都彭”

入夜，斜倚在床上读金庸的武侠小说。呤、呤、呤，电话响起，是住在楼下的公司总工程师老钟打来的。“钟总，你从香港回来了?”“回来了，我买了好多条领带，你来挑一条。”我下楼来到钟总家。一进门，看见衣架上挂了十多条领带，其中一条银灰色的领带沉稳、大气，有一种鹤立鸡群的感觉。钟总大手一挥，随便挑！我过去把那条银灰色领带拽下来，一看牌子，“都彭”，难怪！钟总一看我挑的是“都彭”，脸色一暗，心痛的表现。但随即满脸笑容地说：“行，送给你。”我说：“钟总，心痛了吧?”“能不心痛吗，我那些条加起来，都没这一条贵。”“那你干吗还拿出来?”“谁想你眼睛那么毒!”“不是我眼睛毒，而是名牌之所以能成为名牌，一定有它能打动人的独到之处。行啦，君子不夺人所爱。”“君子一言，驷马难追，你一定要收下。”我说：“干吗？咱俩说对口相声啊?”最后我提了个折中方案，我有一条墨绿色的领带，我嫌它有点老气，一直没带，我觉得像钟总这样德高望重的老同志正合适。钟总接受了我的建议。笑着说：“真能扯，老家伙就老家伙呗，还什么德高望重?!”

19　发工资

靠山镇有一景，78 岁的老王太太每月三号，风雨不误地到邮局领“工资”，还是拿现钱。

发工资不都是打到银行卡上吗？78 岁，不是早该退休了吗？不对，老王太太不是家庭妇女吗？

其实，也不是邮局发工资，是我通过邮局给老王太太发“工资”。

我是谁？王大强，老王太太的大儿子。

怎么回事？

今年是老爸老妈“钻婚”（结婚60周年），众兄弟姐妹相约国庆节放长假，回老家搞一个隆重的庆祝活动。但春节刚过，家中已硝烟弥漫，老妈要和老妈要离婚。这都“钻婚”了，咋闹起离婚呢？肯定是老爸触动了老妈的痛处。

事情很简单，沙发旧了，老爸要换，老妈说还能用。争执起来，老爸说了一句事后想起来就要抽自己的话：“你这不挣工资的，咋比我这挣工资的还横？”听了这话，老妈像被雷击了一样，半天没说话，回到卧室，把存折、金银首饰拿出来，扔到老爸的怀里，说了句：“和你的工资过吧！”转身把自己的被褥拿到另一个房间。第二天，翻箱倒柜找结婚证，也不知压哪个角落了。要是找到结婚证，早拉老爸去民政局了。

老爸话一出口就后悔了，赶紧搬救兵。接到老爸的电话后，怕老妈当独行侠，给弟弟、妹妹下了死令：两人欢迎，一人不行！其实，我们兄弟姐妹混得都不错，都是大房子，早盼着老爸、老妈来。

老妈电话打了一圈儿，也没找到落脚的地方，很不爽。和你老爸一个鼻孔出气？一群白眼狼！忘了拉扯孩子抢老妈的时候了。老虎不发威当我是病猫。我租房子住！

在省城工作的小妹第一个赶回去，安抚老妈。向在北京、南京、上海、深圳的哥哥、姐姐发鸡毛信。

老妈初中只读一学期，就辍学了，回老虎沟村修理地球。建国初期，初中生可是宝贝，各单位抢着要。

老爸师范学校毕业后，未来的岳父安排他和女朋友到德惠县第一小学工作。但奶奶死活不同意，我儿子不入赘！老爸拗不过奶奶，挥泪分手，回了老家。

奶奶是有苦衷的。老爸原来兄弟三人，老爸排行老三。老爸五岁时，在县立第一中学读书的大伯和两个老师、六个同学投抗联了，日本鬼子把爷爷抓进监狱。爷爷在监狱期间，二伯父又丢了。爷爷急火攻心，三个月后，死在了日本人的监狱。留下奶奶、爸爸孤儿寡母相依为命。

老爸回到老家，毕业生分配工作已经结束了。教育局正在考虑如何安排，老虎沟老村长找教育局局长为村小要教书先生。老村长革命战争时期曾救过局长的命，老虎沟又是革命老区，这个面子无论如何都要给。这当口，老爸送上门来。局长就和老爸商量："小伙子，你家的情况我了解，但我现在实在派不出人。要不你先干一年，明年有了新毕业生，就把你调回来？"

不料想，半年后，局长调往外县，偏僻的老虎沟又一直派不来教师，老爸在老虎沟一干就是 10 年。10 年后，老爸从老虎沟小学校长的位置上调往靠山镇中心小学任校长。然后是镇中学副校长、校长、退休。

老爸到老虎沟工作的第二年，奶奶得了肺结核病。老爸衣带不解服侍奶奶一个多月，奶奶还是走了。失去了唯一的亲人，老爸一直郁郁寡欢。

老村长心疼老爸，又可怜老爸孤苦伶仃，就把自己的大闺女，也就是老妈介绍给老爸。老妈是村花，老村长的千金，又是村里唯一读过初中的女孩，老爸偷着乐吧！

我两岁的时候，镇里成立供销社招人，老妈应聘成功，但还没来得及高兴，弟弟二强又来捣乱。

但老妈并不甘心，我这辈子土坷垃里刨食，儿女一定到城里工作。老妈几乎是靠吃糠咽菜，生生把五个孩子都送到了大学。

儿女都从外地赶回来，一家团聚。老妈、老爸自然高兴。看在儿女的面上，也就不和老爸计较了！兄弟姐妹商议后形成一个决议：以后由我每月给老妈发工资，月薪 1000 元，三号发放。其他人寄给家里的钱，父母共用。

为什么定在三号？打工的都是月尾发工资，公务员都是三号发工资，咱给老妈也整个铁饭碗！

20　黄老爹之死

叶志强总经理参加完“云南腾冲玉石珠宝博览会”，没有按照会议主办方安排到大理、丽江观光，向朋友借了一辆带导航仪的越野车，到高黎贡山的下凹村去看望公司员工黄宝强和他病危的父亲。

宝强是叶总的司机。原来在深圳当兵，退伍后到叶总公司工作。宝强身高一米七，长得虎头虎脑的，做事认真，寡言少语，没事的时候，总爱拿一本书看。上周父亲病危，请假回了老家。

下凹村坐落在高黎贡山深处，是个只有二十几户人家的小山村。导航仪搜索不到，只能先找到乡政府所在地，再一路打听找过来，到宝强家已经是繁星满天了，大山深处的天黑得像墨一样，黑黝黝的大山让人感到神秘莫测。刚进门时，宝强正送一个老者出来。看见叶总，一下子呆住了，擦擦眼睛，确实是老板，宝强握着叶志强手，激动得话都不连贯了，“老、老板，你、你咋来了呢？大妹，快杀鸡!”叶志强拦住宝强，说是先看看他父亲。

宝强的父亲脸色蜡黄，两腮塌陷，双眼紧闭，对来人没有什么反应，已病入膏肓。“宝强，为什么不送医院?”“送了，昨天才从乡医院回来。我回来时你给我的三千元我都给我爹治病了。”“什么病?”“不知道，医院的院长都出马了，也没有查出什么病。”“怎么可能？你们乡里的医院条件太差，明天赶紧送腾冲市中心医院，钱你不用担心，我来解决。”

“老板，谢谢您，不用去市医院查了，贡嘎舅爷给查出来了。”“贡嘎?”“对，就是你刚进来时碰到的那个。”

叶志强回想起刚才遇到的七、八十岁的老者，人干廋干廋的，风大都能给刮跑了。头上裹着包头，一身黑衣，眼帘几乎把眼睛盖住了，眼皮上翻看人时，森森的目光，仿佛能穿透你的五脏六腑，让人不寒而栗。

“他是郎中?”“不是，贡嘎舅爷新中国成立前是‘撒巫’（巫师），新中国成立后就不做了，要不是亲戚，花钱也请不来。”“他怎么说?”“舅爷说，一九四四年，有一个日本兵迷路跑到下凹村，河边看到洗衣服的山花，要花姑娘地干活，被村民用锄头给打死了，埋在河边的大柳树下。龟头小队长本来要带队血洗下凹村，后来因为中国远征军攻克高黎贡山，龟头小队长被打死了，才幸免于难。我爹平时总喜欢到大柳树下拉屎，臭屎压了日本兵几十年，他很恼火，趁着六十年一遇的阴年出来作祟，祸害我爹。老板，你说这小鬼子真不是个东西，都死了这么多年了，还出来害人!”叶志强哭笑不得，本想劝宝强不要相信封建迷信，但想想“巫术”、“蛊术”能在云南盛行几个世纪，自有它的道行，话到嘴边又咽了回去。“那找到破解的办法没有?”“舅爷下午在大柳树下做了法，烧了符，已把那个鬼子打人十八层地狱，我爹今夜三更天就可以安乐地走了。老板，我看，所有的日本鬼子都应该打入十八层地狱！对啦，贡嘎舅爷还说，今晚有贵客到，您来了，可不是贵客!”

是夜，三更天，黄老爹果然走了，走的时候，神态祥和。神秘的高黎贡山让叶志强感到敬畏，也有些惊悚。

21　破烂换钱

春节将至，媳妇清理出一堆旧书报杂志，让我卖掉。并告诉我，卖废品要到北门外找老郑头，咱小区收废品的只有老郑头一家。我用小沈阳腔问："这是为什么呢?"媳妇说，老郑头在咱小区收废品已经十年了，和管理处关系那就不用说了，同住户也早打成一片了。老郑头这个人平时手勤脚勤，看到拿重东西的老人、妇女都帮送到家里。谁家搬个重东西，找老郑头帮忙，从没二话。面对老郑头的热心，搞得大家没废品也找点废品卖给老郑头。咱小区是省级物业管理示范小区，那些不了解底细的收废品的轻易是进不了小区的。就是进来了，也收不到废品，住户大部分都是老郑头的客户。

我去北门外找老郑头，不在。回来路上，在小区碰上了。老郑头五十七、八岁，花白头发，刀条脸，戴副眼镜，人清瘦、整洁。我以赏赐的口吻说："我家有废品卖。"我以为他一定很高兴，哪知他看了我一眼，很有礼貌地说："先生，对不起，今天已排满了，要不明天，或者后天?这是我的名片，咱们电话联系。"什么?卖个废品还得预约?一个收破烂的，摆什么谱哇！我没接名片，转身走了。我就不信了，没了张屠户，还吃带毛猪啦?你又不是央企，可以垄断经营！我围着小区转了一圈，还真没找到第二家，最后还是卖给了老郑头。

我对老郑头产生了浓厚的兴趣。听说他是河南周口人，就专门带了一瓶“宋河粮液”去请他喝酒。到了北门外，见到老郑头正在看一本旧的《读者》合订本。我上前打招呼，刚要自我介绍，老郑头开口了：“王先生，我早就知道您，您是大作家，小区大门口的那幅春联不就是您的大作吗?”啊！这你也知道? 嘿、嘿。我说明来意，老郑头也没扭捏，说：“好，我愿意同文化人打交道。”我听着有些别扭，这话怎么听着像领导的口吻? 老郑头说去他家中不中，他老婆炒菜手艺真不赖，河南烩面更是做的地道。我想了解一下他的生存状态，也就爽快地说：“中!”

老郑头的家在旁边的城中村，租的，一房一厅。我一进屋，简直不敢相信自己的眼睛，屋里不是我想象中那样堆满破烂。液晶电视、冰箱、洗衣机、微波炉等家用电器一应俱全。家具虽然有些陈旧，但都是品牌货。老郑头看到我惊奇的目光，非常得意，“不赖吧? 这都是我捡来的。”“哪捡的?”“你们小区呀，有的人家家用电器更新换代，淘汰下来，送给我的，有的收钱也是象征性的，一、二百块钱，跟送的差不多。这些家具都是人家搬家不要的，我捡来的，回报是我免费帮他们清理房间。”

老郑头老婆真是麻利人，说话间，已做好了四个菜端上桌。老郑头端起酒杯，“王先生，您是第一个来我陋室的大人物，我敬您一杯。”这老郑头也太能忽悠了，刚一见面就封了我个大知识分子，现在又给我整了个大人物，虽然言过其实，但听上去还是蛮舒服的。酒过三巡，菜过五味，老郑头拉开了话匣子。“王先生，您看我以前是干什么的?”“当老师的。”“有学问的人就是眼毒，我原来还真是当老师的。”“那为什么不做了?”“收入太低，还老欠薪，两个儿子要读书，没办法，只好出来打工。”“看你屋里的光景，混得还不错吧?”“还真不赖，我不但把两个儿子供到大学毕业，还在老家盖了三层小楼。”说到儿子，老郑头两眼放光，“我那两个儿子真不赖，都是211工程大学毕业，都在城里找了个好工作，对象也是城里的姑娘，长得那是真不赖！老大已结婚了。”“买房了吗?”“买了，我给拿的首期。来、来，吃菜!”这时，老郑头的老婆把烩面端上来，招呼我们：“边吃边喝。”一转眼，一瓶“宋河粮液”见底了。老郑头起身到厨房，拿出大半瓶做菜剩下的广东“九江双蒸米酒”问：“中不中?”“中”，我俩接着喝。老郑头接着自己刚才的话茬：“我和老伴再干几年，给小儿子把家成了，房子我再给拿个首期，我也就功德圆满了。”老郑头说着说着，忽然变得满脸遗憾，“这么好的活，我那两个儿子谁也看不上。白领，听着好听，每月都花光了，工资可不白领了。咳，可惜我的人脉了！”老郑头的话让我几乎喷酒，当官、做生意讲人脉，没想到，收废品也讲人脉。

老郑头给我续完酒，凑近我，屋里虽然没有外人，还是压低嗓门说：“我给我和老伴每人买了份养老保险，等我们老了，也像城里人一样，每月有养老金。房子是自己的，想咋住就咋住，再种点菜，养头猪，养几只鸡，那日子真不赖。”我望着一脸满足，“真不赖”不离口的老郑头，忽然想起小时在乡下，收废品的喊的一句话：“破烂换钱”。看老郑头的架势，破烂还真能换钱，可能还会换到不少钱。

22 并　轨

“并轨啦、并轨啦”，王燕哼着小调，晃动着汽车钥匙上的小配件，开门进屋。一边换拖鞋，一边顺手把灯打开。灯一亮，王燕猛然发现老公刘大天黑着脸呆坐在沙发上，吓了一跳。

“怎么不开灯啊？”王燕嗔怪道。

大天没接茬。王燕扫了一眼，见到刘大天的面前摆着当天的报纸，头版赫然的大标题映入眼帘：国务院印发《关于机关事业单位工作人员养老保险制度改革的决定》。知道大天为什么闹心了，没敢招惹，收起自己高兴的表情，悄悄地放下包，到厨房做饭。

大天和王燕这对夫妻是掐出来。俩人是大学同班同学，当年为了争学习上的第一，打得是天昏地暗哪！掐了 4 年，没想到，最后成了夫妻。

参加工作后，王燕一门心思相夫教子，心甘情愿地做一名普通中学教师。大天走上了仕途，30 岁的时候，从市委宣传部副处长的位置上，调任下属的东方音像总公任总经理。

官升脾气涨，有钱便任性。大天在家虽然没有颐指气使，但说话声也高了几度。对此，王燕微微一笑。

1994 年开始，银行银根收紧，生意难做。机关开始实行公务员制度，公务员职业看好。大天想回公务员队伍，但这时公务员已经是逢进必考了。大天在工作 15 年之后，又重新出现在行政学院“初任公务员培训班”的课堂，和一帮20多岁的年轻人在一起，学习公文写作和行政管理知识。

大天回到公务员队伍后，混得一直不怎么样，直到53岁才混上个副调研员。而调到广播电影电视集团的王燕，则是一路凯歌，职务正处，职称正高。待遇方面，广电集团是事业单位企业化管理，自收自支，王燕的年终奖都比大天的一年工资都多。大天在家在外都过得憋闷，人变得十分脆弱和敏感。王燕变得小心翼翼，刻意地在家人和外人面前保持大天一家之主的崇高地位。

让大天感到生活中的一点亮色的是，公务员退休后的待遇还是让不少人羡慕嫉妒恨的。自己也有可能在退休后夺回家中的话语权。没想到，国务院一纸公文下来了，机关事业单位工作人员养老制度与企业职工养老保险制度并轨。大天眼前一黑，还让不让人混了?!

“喂、吃饭了。”王燕招呼大天。

“不吃了!”大天站起来，把面前的报纸一甩：“倒霉的决定!”走出了家门。

“我退休待遇提高了，你咋还不高兴呢?”王燕无奈地摇了摇头。

23 残疾证

清晨，华侨城地铁口，人如潮水。

从波多菲诺别墅区方向走过来一个赶地铁的眼镜男。眼镜男五十二、三岁，清瘦，一米七的个子，也就一百斤重的样子。眼睛不大，但滴溜溜乱转，一看就是一个精明人。眼镜男姓夏，是大洋进出口公司财务总监。年薪六十万，属于高收入人群。要不然，也不敢住在深圳的富人窝——波多菲诺小区。

夏总健步如飞地走来，在接近地铁检票口时，忽然变得一瘸一拐了。在免费通道口，夏总亮出“残疾证”，准备通过。这时，走过来两位地铁工作人员拦住夏总：“先生，请留步，和我们到办公室走一趟。”

夏总这个级别在大洋公司是配有专车的。不要专车的，每月可以发放5000元交通补助费。夏总这个人不讲拉风，只讲实惠。他算了一笔账，骑摩托车上下班，一个月500元都用不了。那不是不白得4500元吗？还不塞车！

夏总一直骑摩托车上下班。地铁通了，就坐地铁上下班。后来，他发现用“老年证”、“残疾证”可以免费乘车。“老年证”？不像！他就花了200元做了一个假“残疾证”。每天免费乘车，每月交通补助费又多了500元。

假“残疾证”露馅，夏总被地铁公司送回大洋公司，交由公司批评教育。公司人都跑过来看热闹，众人议论纷纷：夏总年薪60万，还不算奖金。平时又会理财，又会炒股票，每年差不多有上百万的收入哇！怎么会贪图这点小便宜？

夏总羞愧难当，议论如万箭穿心。胸口一阵阵发紧，呼吸困难，天旋地转，夏总扑通一声倒在地上。

大家赶紧把人送到医院，但还是没有抢救过来。死因：心梗！

在国外留学的儿子，辍学回国。

24 大　师

詹大师是东北某一个省画院院长。50 岁时，被深圳以特殊人才政策引进。詹大师国画、油画、篆刻俱佳，其作品被粉丝争相收藏。

詹大师老当益壮，创作进入巅峰状态。岂料，福为祸所倚，60 岁生日那天，相濡以沫的老伴在取蛋糕的路上，被一辆大货柜车撞飞，从此阴阳两隔。詹大师悲痛欲绝，欲随老伴同去。弟子小丽对老师悉心照料，极尽温柔之能事，并小丽愿意对老师终身侍奉。詹大师被其诚所感，与小丽组成了新家。婚后，小丽给詹大师生了个儿子。这让无儿无女的詹大师欢喜若狂。视小丽母子为掌上明珠。

小丽读研究生时，詹大师是该校的客座教授，她的导师。期间，詹大师出版《中国书画艺术魅力探源》，小丽忙前忙后的，打字、查资料、撰写某些章节等。詹大师许诺署两个人的名字。小丽一激动，被詹大师潜规则了。但书出来了，却只署了詹大师一个人的名字。小丽哑巴吃黄连。

小丽毕业后，远离书画界，到某上市公司做了董事局的秘书。

小丽听说师娘去世，就辞去董事局秘书职务，来到詹大师的身边，并推荐同学大力接替自己的位置。半年后，大力与董事长两百多斤重担千金结为连理。

大力极力撺掇岳父收藏詹大师画作。岳父于老板就是从收藏书画挖到第一桶金的，自然独具慧眼。在考察了詹大师的所有作品后，对詹大师的篆刻作品情有独钟。拿出自己珍藏的一对象牙，请其雕刻《金刚经》，并许100万润格。

詹大师想到自己已年逾花甲，小儿刚刚一岁，要给儿子留点家财。于是，打足十二分精神，起早贪黑，历时3个月，完成了《金刚经》的雕刻创作。于老板看后，大加赞赏。又拿出同等质地的一对象牙，请詹大师再刻一副《大悲咒》，润格上升到150万。

詹大师心力交悴，但相一想一岁多的小儿子，又强打精神，再次披挂上阵。一个月后，詹大师视力模糊，刻刀无从落手。点了几瓶“珍视明”也不见效，最后只能去医院。医生开的药很有效，吃了几付后，眼前一片光明。詹大师精神抖擞，又拿了起刻刀。医生警告，这种药虽然疗效很好，但副作用也很大，容易产生幻觉。

靠着药物支撑，《大悲咒》雕刻工程只剩下最后一刀了。詹大师疲惫不堪，已是强弩之末，特别渴望躺下休息。但为了按时交货，吃了两片药，又站在工作台前。忽然，画室窗外，出现一片青草地，小溪潺潺、芳草如茵、繁花点点、百鸟鸣唱，犹如仙境。年轻的妻子，风摆杨柳，手腕、脚踝玉佩、银铃叮咚，频频向自己招手，深切呼唤。

詹大师心中喜悦，猛然站起，忽然眼前一黑，嗓子腥甜，一张口，一口血喷洒在象牙雕上，梅花点点。詹大师以60多岁的人少有的敏捷，快步来到窗台前，从19楼一跃投入到了那片青草地……

于老板为了表示对詹大师的敬意，两幅作品按照约定的润格给了250万，又主动追加了50万。

小丽在殡仪馆悲痛欲绝。詹大师的亲朋好友都沉浸在悲痛之中，因此，没人发现小丽的哭是干打雷、不下雨。

入夜，詹大师画室宽大的画案的毡布上，又铺上了一张崭新的格子台布，上边摆满了小丽喜爱的菜肴，都是大力的杰作。已与董事长千金分手的大力，里里外外忙活着。大力真实身份是小丽同居的男友。

烛台上插着三支红烛，烛光摇曳，显得温馨、浪漫。脱掉素装，换上粉红色丝绸睡衣的小丽，显得妩媚、性感。小丽款款走到台前，端起盛满“拉菲”红酒的高脚杯，与孩子真正的父亲大力轻轻一碰，干！

啪，烛花轻爆，一滴红烛泪落在餐台上。

25 姥 爷

姥爷一直生活在农村，身体备儿棒。

二十岁时候，400 斤重的石磙子，一手拎一个，轻轻松松地围着场院转一圈。

三十岁时候，和人打赌，一口气吃下 20 块东北大豆腐。

五十多岁的时候杀一头两百多斤的大肥猪，一个人搞定。

姥爷六十多岁的时候，去镇里赶集，路过粮站，看见一帮青年人扛麻袋，龇牙咧嘴、气喘吁吁的样子，很是不屑。扎马步，轻舒猿臂，两百斤的麻袋轻轻松松地搁在肩上，然后，腰不扭、背不塌、腿不颤，稳稳当当地踏着阶梯走向粮库仓顶，一耸肩，完活！

姥爷力大无穷，是一个天不怕地不怕的硬汉子！但怕疼，其他疼都不怕，只怕死后烧了疼。因此，强烈要求土葬。不土葬，就不死了。当年，火葬才开始提倡，土葬还没被禁止。因此，在机关工作的姐夫通过在国土局当局长的同学，在老家找了一个左青龙、右白虎、前朱雀、后玄武的风水宝地，给病重在身的姥爷作为八十大寿的礼物送给老人家。姥爷一高兴，不但病全好了，而且活得更加硬朗了。

五年后，国土局复查，惊讶地发现姥爷不但活着，还面色红润、白发变黑、牙齿重生，看样子，再活个十年、八年的不成问题。因此，发了一个通知：收回墓地。

收到通知，姥爷笑了笑。当天，布置家人杀猪宰羊，大宴宾客，比过年还热闹。姥爷也喝了不少酒。半夜，舅舅不放心姥爷，过来看看，发现被窝是空的。整个院子寻遍也不见。赶紧把全家人叫起来寻找，最后大表哥在放在偏厦的棺材里发现了姥爷。棺材是姥爷 75 岁那年预备下的，上等的红松木材。10 年间，姥爷每年都叫人刷一遍漆，黑亮黑亮的，发着幽幽的青光。躺在棺材里的姥爷像睡在龙床上一样，脸上露出满足、幸福的表情。

发送姥爷烧纸时，那个通知不知被谁也扔进了火堆，一起烧了。

26 一面红旗

1935 年 10 月，红军第五次反“围剿”失败，到处是白狗子的追杀声。

入夜，位于中央苏区的张家庄一片漆黑。兵荒马乱的年代，各家各户早早熄灯睡觉。只有村西头张老蔫的豆腐坊透出一点光亮。张家是豆腐世家，老蔫是第五代传人。

刚出锅的豆腐，光滑水嫩，冒着腾腾热气。张老蔫蹲在灶口，叼着烟袋喷云吐雾。虽然有些疲惫，但还是一副很有成就感的样子。

梆、梆、梆，敲门声传来。老蔫一惊：这么晚了，谁呀？刚拉开门，村长带着一股风闯了进来。村长后面跟着一个人，来人是个小个子，虽然穿着当地老百姓的衣服，但眉宇间透着一股英气。

“老蔫，这是中央首长，被白狗子追捕，快藏到地窖里。”

张家庄坐落在一个马蹄形的山窝里，三面环山。老蔫的地窖就在山脚下，周围是茂密的毛竹，极其隐蔽。

听说是红军的大官，老蔫不敢怠慢，抱了捆稻草，在地窖里铺好。拿来了被子、油灯、水、马桶等，又装了一盆豆腐，把首长安顿妥当。

三天后，白狗子撤了。首长赶往湘江，与红军主力会合。临行前，首长拿出一面红旗，上绣着斧头镰刀，送给老蔫作纪念。它与我们常见的绸料红旗不同，是麻料的。

首长紧紧地握着老蔫的手："星星之火可以燎原，终有一天，红旗会插遍全中国的！"

1949年，开国大典后，家家户户挂红旗庆祝新中国的诞生。老蔫也拿出首长送的红旗，准备挂在大门上。这时，村长拿着一面五星红旗来了："老蔫，要挂国旗！"老蔫以为首长送的红旗过时了，没什么用了，就随手丢在了仓房。

三年自然灾害后，粮食，尤其是黄豆大丰收。肚子寡淡了三年，乡亲们都想吃老蔫家的豆腐。村长乡主任，也就是以前的老村长同意老蔫以换工的形式帮助乡亲们做豆腐。

豆腐坊，早被当作"资本主义尾巴"割掉了。凑齐做豆腐的家伙还真挺不容易的。但过滤布已经烂得不能用了。没有过滤布还是做不了豆腐。忽然，老蔫眼前一亮，想到了首长送的那面麻料的红旗。

老蔫用红旗做豆腐的过滤布，刚做了两锅，就被村长发现了，赶紧换了下来。老蔫被村长批评后，想想也有些后怕：把中央首长送的红旗做过滤布，真是猪脑子！不过，这事当时谁也没在意。

"文化大革命"开始了，这事不知被谁给捅出去了。用党旗做豆腐，这还了得?！老蔫被打成了反革命。但乡亲们谁也没把老蔫当成反革命看。

三年过去了，省里筹建红军革命纪念馆，征集文物。村长动员老蔫捐赠，老蔫说不知丢哪去了。村长知道老蔫心里有气，就许诺说：只要老蔫以村里的名义捐了，就奖励一年工分。好家伙，一个工分日值就是八毛钱，那可是两百多块呀！

一个文物贩子出价两千元购买那面红旗。当年的两千元，那可是天价呀！老蔫仍没接茬。

这老蔫葫芦里到底卖的什么药哇?

老蔫找到村长，东西我可以捐，我不要钱，但要给我平反，我不反党，也不反革命。就这?村长一听就笑了，拍着胸脯给老蔫打保票。

1980年，一批老干部平反，首长重新出来工作。到省里视察时，提出要见见老蔫。通知下到老蔫所在地的乡长，乡长犯难了，省里的通知不敢不执行，但让老蔫见首长，又怕老蔫到首长面前告状。乡主任屈尊跑到老蔫家，磕头作揖地给老蔫说好话。老蔫啥都没说，带上一板豆腐，在乡亲们羡慕的目光中，登上专程来接他的小车，绝尘而去。

老蔫亲自下厨，给首长做了一顿豆腐宴：麻辣豆腐、馕豆腐、鸡刨豆腐、红烧豆腐、小葱拌豆腐、过桥豆腐……

首长吃得很高兴，想起自己在地窖的那三天就是靠那盆豆腐挺过来的，就挥笔写下："救命豆腐"四个大字。经媒体报道后，老蔫的"救命豆腐"天下闻名，一下子供不应求。但老蔫为了保证质量，坚持每天只出一锅豆腐。有人想加盟，也被老蔫拒绝了。咱可不能倒了牌子！

27 拒绝提拔

市国土储备中心一部部长程平，是大家公认的老实人。这么多年，在跟单位跟谁没红过脸。有什么好处，从来不往前凑。在提拔上，也从来没有向组织伸过手。默默地做事，不管是分内分外。大家都亲切地叫他程叔。

程叔，五十二、三岁，黑瘦，典型的广东客家男人形象。嗜茶，总是捧着一个大茶缸子，没事就吸溜、吸溜地喝茶。程叔平时是一个不引人注意的角色，但最近却成了中心的焦点。原因是中心的李副主任调走了，程叔最有可能荣升副主任。

以前，一出现空缺，几个老部长，也就是科长，就争得不可开交，结果几次都是局里派人下来。这次，几个老部长出奇地统一：若是提拔程平，我们无话可说。若是再从局里派人来，我们就到组织部说道说道。

中心领导班子也一致同意程平做副主任的人选，报规划国土局。局长办公会也顺利通过了。

局长找程平谈话，告诉他局长办公会已同意他为市国土储备中心副主任，马上公示。程平一听公示，急了："局长，我不想当副主任。"

"为什么?"

"没学历，能力也不够。"

"你科长当了快20年了，能力有目共睹。"

“我一个以工代干的小职员，能当上科长，已经心满意足了。局长，还是提拔年轻同志吧！”程平离开局长办公室。

局长很感慨：在跑官、要官成风的今天，还有程平这样的干部，难得呀！适逢市纪委开展“寻找身边清正廉明好干部”活动，规划国土局就把程平当典型报了上去。

市纪委领导要同典型谈话，就让“党廉办”小张通知程平，第二天到纪委来。小张是个新来的大学生，通知的时候，就说了一句让程平第二天到纪委来一趟，电话就挂了。

第二天，刚上班，程平就出现在纪委书记门口，手里提一个包，里面装有27本房产证。程平脸色煞白，哆哆嗦嗦地说：“我坦白……”

啊！又一个房叔？众人皆愕然。

28 神 树

通往二十家子水库的公路上，路中间当当正正地立着一棵老榆树。公路到此，向左右各划了个半圆，避开大树，向前方伸展。

老榆树高三丈，树围三人合抱不拢。树冠直径有三、四十米，像一把巨伞，投下浓浓的绿荫。树身上有很多锯痕斧印，都已结疤，现在缠着很多红绒绳。树疤像一只只大眼球，注视着过往行人。树上挂了很多红布条，树下有未燃尽的香烛和香灰。

很多人奇怪，路中间的老榆树，为什么不砍掉，或迁走，留在这挡路？其实，当初修路时，不是不想砍、不想迁，而是砍不了、迁不走。

公路指挥部下午刚做出第二天砍伐老榆树的决定，当天晚上，无风无雨，指挥部的工棚不知怎么就塌了。别人都没事，只有施工队长被砸破了头。

重新搭工棚，到医院治伤，一通忙活，砍老榆树的工作，就拖了两天。

第三天，派人去砍伐老榆树。刚要动手，忽然上空飘来一片黑云，大雨如注。响雷围着老榆树炸响，没人敢靠前儿。

第四天，没雷没雨。民民工开始锯树，刚进半寸，锯就拉不动了，涩住了。再一使劲儿，崩，锯条断了。一连断了三根锯条，只能提前收工。

第五天，改用斧头砍。几斧头下去，老榆树流出血红的树汁，令人十分惊悚。啊，神树！砍树的农民工斧头一扔，一哄而散。砍树的活儿，给多少钱都没人干。

这事惊动了林业部门，派来专家勘察。专家一走进老榆树，就惊呆了：血榆？专家简直不敢相信自己的眼睛。使劲擦擦眼睛，还真是血榆。血榆，外皮黝黑，木身深红色。以树汁鲜红如血而闻名于世。血榆，在本地区不是已经绝种了吗？怎么在这还有一棵？并且是这么大的一棵，这么老的一棵！树龄应该在200年以上。宝贝、宝贝呀！以县政府的名义，挂牌保护起来了。公路只能绕道而行。

一传十、十传百，十里八村的人都知道二十家子有棵神树。有神就有人拜。大家拜完神树，就往树上挂红布条，祈求保佑。你别说，挂满红布条的老榆树，还真有点像东北跳大神的萨满。

一对小夫妻，结婚多年，一直怀不上孩子。跑遍了大城市的各大医院，都没效果。两个人抱着有枣没枣打三竿的态度，来拜神树。不知是机缘巧合，还是老榆树真有神力，一个月后，孩子怀上了。

据传，有一个炒股票的人，拜完神树，晚上梦见有很多数据链在眼前飘过。醒来后，琢磨是什么意思？忽然，脑袋灵光一闪，哎呀，这不是神树提示我要买互联网企业股票吗？杀到股市，买了几只互联网企业股票。第二天，几只股票涨停板。

春天来了，老榆树结满了一串串榆树钱儿，有大又嫩又甜，真快赶上铜钱大了。榆树钱可以生吃、可以办凉菜、可以包面团子。老榆树成了神树后，有人专门研究了老榆树结的榆树钱，据说具有延年益寿的功效。甚至有的人说能返老还童。因此，人们得出结论：二十家子村能成为远近闻名的长寿村，和他们长期吃老榆树的榆树钱有直接关系。

老榆树的神力越传越玄，也不知哪些是真，哪些是假。

29 “向阳”牌收音机

老爸、老妈搬新楼，我帮助收拾东西。在仓房最里角发现一个木箱子，上面落满了灰尘。箱子里是个油布包裹。什么东西，这么宝贝？打开一看，是一台20世纪70年代生产的“向阳”牌收音机。我又惊又喜，问老爸、老妈：“这个东西你们还留着？”

老爸：“那当然，这可是咱家的第一台家用电器。”

老妈：“也是你领两个弟弟干的第一件大事。”

爸爸妈妈的话，把我带回到那遥远的少年时代。

我出生在一个叫老虎沟的地方。老虎沟坐落在大青山深处，山高林密，苍苍莽莽，绵延数百里，是野兽的乐园。每年大雪封山，起码有两个月与外界隔绝。

老虎沟人照明，都用野猪油灯，虽然烟大，但比豆油灯亮堂。直到1971年，才用上了电灯。后来，又装上了有线广播喇叭。有了有线广播喇叭，村子里人凑一块，就不再像以前那样，只说裤腰带以下那点事：谁谁又搞破鞋了，谁谁老公公又扒灰了……现在也能聊聊国家大事、山外的新鲜事。

爸爸是村小校长，经常外出开会、学习，是村子里最有见识的人。他看我对广播喇叭着迷，就告诉我，有一种无线电收音机，有长、短波段，可以收好几个台，还不受地点、时间限制，什么时候听，在那听，都行。

“这么神奇？那咱家买一个呗！”

“儿子，咱家买不起。”

我也就是随口那么一说。那时日子过得紧巴，经常辰吃卯粮。哪有闲钱买收音机这种奢侈品。但我却从此惦记上无线电收音机了。

后来，我听说供销社进来一台“向阳”牌的无线电收音机，就第一时间跑去看。试听一下，有很多波段，能收很多个台。我爱不释手，一问价钱，吓了一大跳，48 元 5 角，相当于爸爸一个月的工资。总不能一家人扎脖，一个月不吃不喝吧！那时钱不像现在这么毛，一百块钱，转一圈就没了。那时的钱是一分钱、一分钱数着花的。

我只有心有不甘地放下，一步三回头地看。回到家里，“向阳”牌收音机的影子老是在我面前挥之不去。过了两天，我又跑到供销社去看，还在。在回家的路上，我就下定决心，一定要买！上哪找钱去？打苕条。

苕条，编筐、编篮子用的。筐、篮子是农家最重要的农具之一，农家必备。编筐、篮子的苕条很讲究，必须是当年在老苕条根上新发的嫩枝，才柔远、坚韧度适中。

当年，供销社收购苕条 3 分钱一斤，10 斤三角，100 斤三元，要攒够买收音机的钱，要卖差不多 1700 斤苕条。我先带着两个弟弟到供销社给他们听了无线电收音机节目，先给他们来点诱惑，然后再把他们拉上贼船。

我和两个弟弟起早贪黑地朝着目标进发。一个秋天下来，鞋跑烂，衣服挂破了，但我和两个弟弟硬是打了 1800 多斤苕条，卖了 50 多元钱。

我给两个弟弟买了一斤“炉果”（东北一种甜酥点心），我自己买了两本书，一本叫《金光大道》，另一本叫《西沙儿女》（正气篇），都是浩然写的。剩下的 50 元钱交给了爸爸，因为当时买东西都要凭票。

我一下子拿出 50 元钱，爸爸都惊呆了，还以为他儿子抢银行了呢。

收音机买回来后，全村轰动，每天院子里都坐满了来听节目的乡亲们，天天像过年一样。

那一年，我 14 岁，大弟弟 11 岁，小弟弟 8 岁。

30 了 然

我在母亲追悼会的前一天晚上，梦见了母亲坐在一个墓碑上，挥舞着手绢。手绢是绢丝的，印有“三潭印月”的西湖风景图案。是老爸有一次到杭州出差买来送给妈妈的。再看墓碑，上面赫然刻着老爸的名字：陈有良。

梦中醒来，再也睡不着了。窗外漆黑一片，雪还在无声地下着。我点燃一支烟，再一次回忆梦中的情景，妈妈拿着老爸送的手绢，出现在老爸的墓地。我明白了妈妈意图：与老爸合葬在一起。我坚信这一点，是因为我深深懂得妈妈对老爸的那份爱。

老爸与妈妈的爱情，就跟书上说的那样：青梅竹马、两小无猜。妈妈是老爸邻家小妹，老爸上高中，妈妈上初中；老爸上大学，妈妈上高中；老爸大四的时候，妈妈大一。按照妈妈的分数，本来可以上北大，但为了追随老爸，还是报考了老爸的学校。老爸为了等妈妈，就又读了三年研究生。两个人一毕业就结婚，然后接连二三地生下我们哥仨。

人们常说“没有舌头碰不到牙的”，但我们就是没有见到父母吵过一次架。老爸对待妈妈一直像宽厚的老大哥。即使有时妈妈无理取闹，老爸也计较。所以，有时我们一家五口人出去郊游，老爸的同事就会开玩笑：“老陈，又带着你四个孩子玩儿去?”妈妈脸红了，骂了一句：“讨厌!”但还是憋不住笑了。我们哥仨也跟着傻笑：哈、哈、哈……

老爸牺牲后，妈妈痛不欲生。若不是割舍不下我们哥仨，真的要随老爸去了。因此，老爸送的“三潭印月”手绢就成了妈妈的珍宝。改嫁的头几年，妈妈还时不时把手绢拿出来，哭上一鼻子。

第二天，天刚一放亮，我和两个哥哥赶到殡仪馆，检查母亲的衣服口袋，真的在母亲贴身内衣的口袋里找到了印有“三潭印月”的手绢。我目瞪口呆，前天给母亲换衣服时，没有一个人见过这个手绢。

大哥：“老三，如何安置妈妈的骨灰，我和你二哥听你的意见。”

大哥这么说，倒不是因为我是个副厅长。大哥是省人民医院院长，二哥是东北一个飞机制造厂总工程师，两个人都是副厅级待遇，更是行业翘楚。之所以让我拿主意，主要是因为我们哥仨只有我随继父姓，并且母亲和继父这么多年一直都和我生活在一起。

我说：“妈妈的骨灰与老爸（我称亲生父亲为老爸，继父为爸爸）合葬，确实有点对不起爸爸，但人死为大，母命难为，只好委屈爸爸了。”

开完追悼会，我直接去了老爸生前所在的工厂，同厂领导说明来意。厂领导很为难：“你爸爸是为了抢救国家财产而牺牲的，墓地在烈士陵园，如果你妈没改嫁，自然没问题。但……再说了，你妈和你继父在一起生活这么多年，临了了到给分开了，也有些不近人情。”

我这个人做官还算清廉，从来没有动用公权办私事，但为了完成妈妈的遗愿，我还是破了一回例。找到一个在本市当副市长的老同学，老同学答应帮忙。

我心中一块石头落了地。心想，今晚可以睡一个安稳觉了。夜半时分，同样的梦又一次出现在我脑海中。这回我仔细看，似乎觉得妈妈不是在挥舞手绢，倒像拿着手绢在摆手。

我猛然坐起，喃喃道：“难道我错了？”忽然，我想起爸爸葬礼后，妈妈和我说的一番话来：“儿子，我和你亲生父亲虽然是结发夫妻，但和我大半辈子相濡以沫的却是你现在的父亲。虽然是继父，但视你们如己出，把你们一个个培养成人、成才。为了怕厚此薄彼，他都没有要自己的孩子。”

老爸牺牲的时候，我才两岁。时间长了，我已经不记得老爸是什么样了。我所有对父亲的理解和父爱的感受，都来自爸爸。

妈妈喝了一口水，接着说："我感谢他呀！我走后，你要让我陪着他。"

"那老爸呢?"

"你父亲是烈士，烈士陵园有那么多人做伴，不会寂寞；你继父孤儿一个，除了我，没有别的亲人。"

两天的梦搅得我头昏脑涨的，一时没了主意。我作为学哲学的研究生，本来不信什么抽签、打卦这一套的，但现在进退两难，姑且试一试。

我来到"弘法寺"，捐了500元功德钱，然后抽签。签上只有四个字："归去来兮。"何意？了然大师笑而不语。但我很快心中了然了。

选了一个吉日，我和两个哥哥用"三潭印月"的手绢包着妈妈的骨灰，来到老爸的墓碑前，围着墓碑转了一圈，然后祷告："老爸，妈妈对你放心不下，让我们带她来看看您。看见您这人气（仙气）挺旺，妈妈放心了。她现在要回去陪我另一个爸爸了，请不要见怪！我们哥几个都觉得妈妈这么做是对的。"

回来后，我们将妈妈与爸爸合葬。

从此，无梦！

后　记

写作，让我多活几度生命

写作，也许无法改变我们的命运；也许不能提高我们的物质生活水平，甚至让我们的生活更加窘迫。但写作能让我们的生活充实，生命充满张力。于秀华，一个农妇，一个残疾人，因为有了诗歌创作，生命才如此芬芳。

一个文学爱好者，当他的处女作出现在报刊、杂志上，恰似母亲分娩，听到婴儿第一声啼哭一样。那种喜悦，那种成就感、满足感，是任何物质享受所无法比拟的。

热爱写作的人，一定是一个热爱生活的人。文学作品大致分两种，一种是歌颂美好生活，一种是抨击丑恶现象。只有对真、善、美充满了浓浓的渴望，才能对假、丑、恶产生深深的憎恶。心中有朝阳，方能春光明媚，艳阳高照。

春江水暖鸭先知，热爱写作的人能比常人预先感知生活的律动。米兰·昆德拉说："小说考察的不是现实，是存在；存在不是即成的东西，它是人类可能性的领域，是人可能成为的一切，人可能做到的一切。”大若家国情怀，文明探求，小若男女情愫，微闻思忖，最动人的词句，终归是描述生活，提供可能。当一个人在人间烟火中选择了阅读或者写作时，其思想的形态和指向，就与众不同了。

搞文学创作的人，也应该是一个纯粹的人，作品即人品。搞创作，要有一份坚守。要耐得住寂寞，顶得住诱惑，经得起挫折，受得了折磨。要有“衣带渐宽终不悔，为伊消得人憔悴”的韧劲，才有希望到达花开的彼岸。正如著名作家张炜所说：“书是什么？书是真正的人才有的心事，是他的副本，是他滚烫的投影。”

写作，不是赶时髦，不是充门面，更不是名利双收，而是让自己的内心更加强大。

我写作，我快乐！

写作，让我多活几度生命！